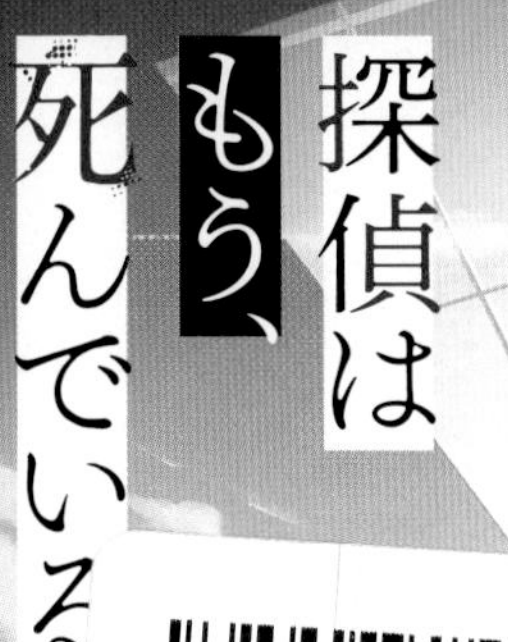

11

La detective está muerta.

二語十

[ill] うみぼうず

Mia Whitlock
ミア・
ウィットロック

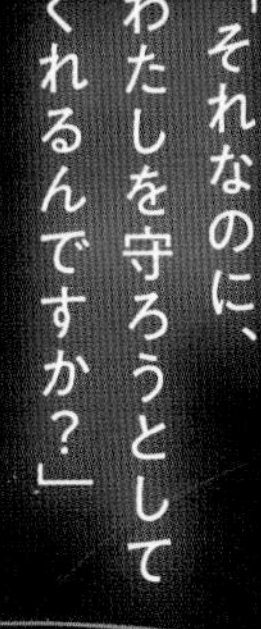

「それなのに、
わたしを守ろうとして
くれるんですか？」

唯もまた不安げな顔で、
それでも逃げることなく私に訊く。

「ええ、当たり前でしょ」

私は顔を上げ、
死神の群れに向かって歩き出す。

「だって私の方が、
あなたより
年上なんだもの」

やがて空からの攻撃をすべて振り払い、
リルを乗せた馬車が地面に降り立つ。
そして魔法が解けたように馬車は消えた。
俺はリルを支えようと彼女のもとへ駆け寄り――
その必要がないとすぐに知る。
「懐かしいわね。
地面に二本足で立つの」

リローデッド

「大丈夫」

水面を駆ける音がした。
朝焼けを映した天空の鏡で、
白銀色の天使が踊るように跳ねる。

「私が、君の選択が間違っていなかったことを証明しよう」

他に誰もいない、誰も聞いていない。
俺と彼女だけの世界で、
その誓いは交わされる。

「君が救った隣人が、
必ずこの先世界を救う。
そうして君は正しかったと、
その隣人である
私が証明しよう」
Siesta
シエスタ

登場人物

《特異点》陣営

探偵助手｜君塚君彦
アイドル｜斎川唯
エージェント｜シャーロット・有坂・アンダーソン
アンドロイド｜ノーチェス

旧《調律者》

探偵｜シエスタ
《名探偵》｜ダニー・ブライアント
《執行人》｜ダグラス・亜門
《革命家》｜フリッツ・スチュワート

《調律者》

《名探偵》｜夏凪渚
《巫女》｜ミア・ウィットロック
《魔法少女》｜リローデッド
《暗殺者》｜加瀬風靡
《執行人》｜大神
《情報屋》｜ブルーノ・ベルモンド
《発明家》｜スティーブン・ブルーフィールド
《名優》｜フルフェイス
《革命家》｜妖華姫
《黒服》｜???
《吸血鬼》｜スカーレット
《怪盗》｜アベル・A(アルセーヌ)・シェーンベルク

《世界の敵》

《原初の種(シード)》
《七大罪の魔人》

《連邦政府》

《アイスドール》｜???
《ドーベルマン》｜???
《オーディン》｜???
《ロト》｜???
《ループワイズ》｜ノエル・ド・ループワイズ

CHARACTER

※《大災厄》直前における情報

探偵はもう、死んでいる。11

二語十

MF文庫J

ContentS

口絵・本文イラスト●うみぼうず

前回までのあらすじ

心臓に巣喰う《種》の影響で眠り続けていたシエスタが目を覚まして一年。それと並行するように大きな《世界の危機》も起きなくなったことで、君塚君彦は平和な日常に浸っていた。平日は夏凪渚と同じ大学に通い、休日はシエスタの作った探偵事務所で助手として働く日々。そんな平凡な毎日に居心地の良さを感じていた君塚はある日、《連邦政府》が主催する《聖還の儀》という式典に招待される。

世界が平和になったことを祝し、これまで尽力を続けてきた《調律者》らを労うために開かれるその式典。君塚は夏凪やシエスタと共に参加をするが、式中に《未踏の聖域》の使者を名乗るテロリストが現れ、《連邦政府》への叛逆を試みる。

黒幕は《情報屋》ブルーノ・ベルモンド。目的はこの世界に隠されているという大いなる秘密《虚空暦録》の正体を暴くことだった。その企みはシエスタらの活躍により未遂に終わるが、間もなく訪れる災厄を予言してブルーノは息を引き取る。

この世界は今、おかしくなっている。ブルーノの叛逆、そして世界中で進んでいたユグドラシルの侵略を認識したことで、君塚たちは自分の記憶や世界の記録が書き換わっていることを確信。やがてブルーノの孫娘であるノエル・ド・ループワイズが、《聖遺具》という過去が見える祭具を持ってきたことを皮切りに、君塚たちは世界の記録を取り戻す旅に出る。

その過程で触れたのは、たとえば《魔法少女》リローデッド、《吸血鬼》スカーレット、《暗殺者》加瀬風靡（かせふうび）の物語。誰もがなにかのために戦い、その度なにかを失う。君塚（きみづか）はそんな物語を時に自分と重ね合わせながら、《特異点》、《虚空暦録（アカシックレコード）》、《怪盗》といった世界の秘密にまつわる記憶を徐々に取り戻していく。

その中でも最も重大だったのは、この世界が《システム》と呼ばれるプログラムによって管理されているという事実。いわゆる《世界の敵》や《世界の危機》とはそのバグやウイルスのようなもので、これまで《調律者》たちが《意志》と呼ばれる力を用いてそうした災厄に立ち向かっていたのだった。

そして世界最悪の犯罪者にして《怪盗》アベル・A（アルセーヌ）・シェーンベルクは《意志》に代わる《暗号》という能力を駆使しながらその《システム》の中枢たるアカシックレコードを盗み出し、世界の新たな管理者になろうとしていた。当時、君塚は《特異点》の力を用いてアベルを一時的に封印、さらにシャルと共に《システム》の一部を破損させる。だがアベルはこの世界にはまだ大きな秘密が残っていることを告げ、再び君塚たちの前に現れることを匂わせて去って行ったのだった。

そこまでの記憶を取り戻した今の君塚は、現在なぜか行方不明になっているシャルのことを夏凪（なつなぎ）に託し、代わりにアベルとの戦いの決着や世界がおかしくなった本当の原因を探るべく、今なおアカシックレコードが眠る管制塔へ、シエスタと共に最後の旅へ出る——

【未来から贈るプロローグ】

密林の足元は前日の雨でぬかるんでいて、やたらと歩きにくかった。

「よほど俺たちは歓迎されてないみたいだな」

ため息を漏らしつつ、木から垂れた蔓を避けるように頭を下げる。

昔はよくこういう場所も旅していたが、身体が鈍った今では骨が折れる。昨晩の野営から今朝早く出発して、もう六時間は休憩なしで歩きっぱなし。さすがに息が切れてきた。

「そんなんじゃ無人島で生きていけないよ、助手」

俺の何歩も前を歩いていた少女が涼しい顔で振り返る。

白髪の名探偵、シエスタ。

いつもの軍服を模したワンピースを身に纏い、しかしその服にはほぼ汚れがない。

「鍛え方が違うからね、私は」

「そもそも俺だけ大荷物を背負ってるからハンデがあるんだよ」

男女差別反対、と。そう言おうとした瞬間なにかが足元で蠢いた。

「シエスタ！」

そいつは鋭い牙を見せ、無防備なシエスタに襲いかかる。

「悪いけど、私の血はあげられないかな」

刹那、シエスタの手から小さな火が上がる。それはまるで魔法のようで、突然生じた火と煙に驚いたその生物は細い身体をのけぞらせて逃げていった。

「そんなに大声を出すものじゃないよ。たかが蛇ぐらいで」

シエスタは呆れたように俺を見る。

彼女の手には燃えた後の麻の火口があった。

「君は無人島になにか一つ持っていくとしたらなにを選ぶ？」

「さっきから無人島で生きていく前提で話を進めるなよ」

俺は苦笑しつつシエスタに並んで歩き始める。だが実際、俺の場合はそういう事態に巻き込まれないとも限らない。そうなったらナイフかロープか、あるいは釣り竿か。

……この辺りのラインナップを答えると、つまらない男だと蔑まれそうだ。

「そうだな。シエスタ、俺はお前を持っていく」

知識も経験も十二分。

どんな道具より役に立ち、どんな困難も共に乗り越えられるだろう。

「バカか、君は」

「理不尽だ」

おかしいな。模範解答だと思ったんだが。

「そんな単純な答えで喜ぶ女の子は世界中探してもいないから」

「渚もか？」

「あの子がいたか……」

渚ならギリ、とシエスタは思案顔で呟く。

「シエスタ、お前はどうなんだ？　無人島に一つだけなにを持っていく？」

「え、私は別になにもいらないけど」

まあ、そうだろうな。特別な道具がなくとも火を熾して魚を捕まえて、三日後にはリゾート施設ぐらいの寝床を整えてそうだ。

「だから、私も君を連れていく」

足場の悪い斜面をたたっと登ったシエスタは、俺に左手を差し出した。

「退屈は人を殺すからね」

「俺は暇つぶし要員かよ」

シエスタは微笑み、俺はその手を掴んで斜面を登る。それが適材適所だというのなら仕方ない。今は甘んじて受け入れよう。

「遅いぞ、お前ら」

先を進んでいた人物が、苛立たしげに俺たちを待っていた。

紅髪の元警察官、加瀬風靡。

道中の邪魔な蔓を切り裂いてきたナイフを手元でくるくる回している。

「ここ一帯も、だいぶ侵略されつつあるみたいですね」

「ああ、元々は砂漠だったんだがな」

それでもここがこれだけの樹木で生い茂っている理由はただ一つ——ユグドラシル。

あの大樹が風に乗せて運ぶ特殊な種子は枯れた土壌を再生させ、荒れた土地に生命を産んだ。だがその種子は今や世界中に蒔かれ、通常ではあり得ない速度と規模で生長し続けた植物が、少しずつ……だが確かに人類の活動領域を狭め始めていた。

「私たちはそのことにすら疑問を持てなかった」

シエスタがポツリと零した。

「もしかすると私たちはそういう風に思考さえコントロールされていたのかも。《虚空暦録》を盗んだ《怪盗》に」

俺たちは先日、ついにその世界の秘密に触れた。否、触れていたことを思い出した。

アカシックレコード——この世界を外部からプログラムのように管理する《システム》の頭脳。それに目をつけた《怪盗》アベル・A・シェーンベルクと戦いを繰り広げていたのが今から一年と少し前のこと。

奴は特別な《暗号》を駆使してアカシックレコードを乗っ取り、この世界の新たな管理者になろうと企んでいた。当時、俺やここにいる風靡さん、それから渚やシャルを中心としたメンバーでその計画を食い止めようと戦った。

そしてその結末は――いまだはっきりと明らかになっていない。だが今、世界にこういった異変が訪れていること、また俺たちの記憶が失われていたことを考えると、当時アベルに屈した可能性は高いと思われた。

これまでに、失われた過去の記録が保存された三つの《聖遺具》を見つけたものの最後のピースは依然欠けたまま。俺たちは、アベルとの最後の決着にまつわる記憶を取り戻す必要があった。

「確認だが風靡さん、あんたもすべては思い出してないんだよな？」

世界に異変が起きた後も元《情報屋》として一人抗い、多くのヒントを同志に遺したブルーノ・ベルモンド。彼の手引きを受けていた風靡さんは、俺たちよりも先にこの世界の異変に勘付いていた。

「ああ。アタシが先に取り戻した記憶や情報は、今のお前たちと同程度だ。だからこそ今ここに来ている」

見えてきたぞ、と風靡さんは目を細める。視線の先にあったのは、植物に覆われた巨大な遺跡のような建造物。そこは、世界の秘密《虚空暦録》が今なお眠る管制塔。俺たちは一年以上の時を経てこの地へ帰ってきた。

ここは周囲を海に囲まれた小さな島。この島には名前がない。どころか通常、誰も辿り着くことはできない。なんでもある決められた行路を使って正しいルートを辿った時にのみこの島は世界に出現し、認識できるようになるらしい。

たとえばA国に直行便の航空機で向かい、その後列車でB国へ、再び飛行機に乗ってC国へ行き、そこで乗り換え、D国へ。最後に特定の航路を辿（たど）ってE国へ向かう途中にその島は見えてくる、といった具合に。

それはまるでゲームの隠しコマンドか裏技のようで。だがこの世界が《システム》によるプログラムで管理されているという前提に基づけば、理解できない理屈ではなかった。

「ブルーノさんのおかげだね」

シエスタが少し淋（さび）しげに眉を下げる。

これが亡きブルーノが遺（のこ）していた《虚空暦録（アカシックレコード）》に至る地図の解析結果。風靡（ふうび）さんが《黒服》を通して受け継いでいたらしい。

「他の同志は今どこに？　スティーブンもそうだったはずですけど」

あとは《名優》に《革命家》だったか。彼らもブルーノの遺志を継いでいたはずだが。

「さあな。同じようにこの場所を探している可能性もあるが……前も言ったようにアタシたちも完全に一枚岩ではない」

そう言って風靡さんは立ち止まる。遺跡はもう目の前だった。

「さあ、入るぞ」

ひんやりとした遺跡の中。薄暗い中を懐中電灯で照らしながら歩いていく。

そうして俺たちはまるでダンジョンのような遺跡内部を探索し続け、やがてある部屋に辿り着いた。小さな足音さえ反響するその広い空間の中央には、大きな石板が横たえて置かれている。

「正解を引いたらしいな」

いつの間にか煙草を吹かしていた風靡さんが白い煙を吐き出す。

なにやら象形文字のようなものが描かれている石板には大きな三つの窪み。これから俺がすべきことは明らかだった。

「助手、あれを」

「ああ、これで要らないと言われたらどうしようかと思ってた」

シエスタと言葉を交わし、俺は抱えてきた大荷物の中から三つの箱を取り出す。

それぞれに入っていたのは青銅色、赤褐色、黄土色をした三つの《聖遺具》。これでようやく物理的に肩の荷が降りた。

「シエスタ、後で肩でも揉んでくれ」

「人に見せられるマッサージと見せられないマッサージ、どっちがいい？」

「そうだな、風靡さんがいないところで回答させてくれ」

「お前ら、次ふざけたら泣くまで殴るからな」

……一度泣かされたことがある身としては洒落にならない。

俺がすべきことはただ一つ。取り出した三角錐（さんかくすい）の祭具をすべて石板の窪（くぼ）みに当てはめた。

間もなく地響きのような音と共に部屋が揺れ——奥の石の壁が動いた。

やがて振動が収まり、現れたのは一枚の扉。俺たちは顔を見合わせ扉に近づく。ドアノブのそばには小さな鍵穴があった。

「クソガキ、出番だぞ」

「俺への当たり強すぎないです？」

一応、針金を鍵穴に入れて回してみる。が、反応はない。以前のように《特異点》自身が最後の鍵というわけではないらしい。

「仕方ない、蹴破るか」

「こんな意味深に現れた扉が可哀想（かわいそう）だ」

風靡（ふうび）さんが例によって暴力で解決しようとしていたところで。

「もしかしたら、これで」

シエスタがそう言って懐から取り出したのは一本の鍵。

それは俺も何度か見たことがある《名探偵》の七つ道具の一つだった。シエスタ曰（いわ）く、どんな錠でも開けられる鍵らしいが……。

「ピッキングの技術で誤魔化（ごまか）してるものだとばかり思ってたんだが？」

「まあ、種明かしをすると多少はね」

シエスタは軽く微笑み「でも」と言いながら鍵を穴に差し込む。

「いつだって、君が関わる物語の扉だけはこの鍵一本で開いてきた」

ガチャリと、錠が開く音がした。

開いた扉。二人に促されて俺が先頭になって潜る。そこは外に繋がっていた。長く細い橋のような道を渡り、歪に浮いた大地に辿り着く。

「見つけた」

目の前に、大きな三角錐のモニュメントが落ちていた。所々ひび割れ、弱々しい紫色の光を発するそれは、この世界を外側からプログラムで管理する《システム》。

「また辿り着いた。アカシックレコードに」

ずっと忘れていた、忘れさせられていたこの場所に、また。

シエスタが「助手」と、そっと近くに寄る。

言葉はいらない。俺がやるべきことは一つ。迷う間もなかった。

「返してもらうぞ、俺たちの物語を」

アカシックレコードに手を伸ばす。触れた《システム》が、一瞬強い光を発した。

そして俺は思い出した。

あのアベルとの戦いの続きを——すべての物語の決着を。

【第一章】

◆その危機を大災厄と呼ぶ

「待っていましたよ。君塚君彦、夏凪渚、シャーロット・有坂・アンダーソン」

《連邦政府》高官アイスドールは、俺たち三人に仮面の顔を向けた。

だが正確に言えば彼女だけではない。

一列に並んで座った十数人もの高官らが皆こちらを見ている。

「どうぞ座ってください。揺れますよ」

アイスドールがそう言うや否や、足元が少しふらつく。

俺たちが今いるのは水面を走る屋形船。貸切の船内、畳の座席には人数分の豪勢な食事が並んでいる。外の陽はすっかり落ち、船の赤提灯の光が揺らめいていた。

「まさか俺に会うためだけに、これだけのメンバーが集まってくれるとはな」

政府からの招待状を受け取ったのは冬の足音が近づく十一月下旬だった。

三日後の十八時、付き添いを二名まで連れてこの屋形船に乗船せよ、と——それだけが書かれた手紙を、俺は《黒服》から受け取っていた。

目的は不明。つまりはいつも通り。だが今回ばかりはある程度の予想を立てた上でここへ来ていた。どちらからともなくシャルと目が合う。

「シャル、ほらちゃんと自分の口で謝れ」

「は、はあ！　なんでワタシのせいなのよ！」

急に裏切るな、とシャルは俺を睨(にら)む。

「いや、あの時の言い出しっぺはお前だったろ？」

「う、嘘(うそ)よ！　あの時はアナタが現れたタイミングで、なんか、こう、そういう空気だったじゃない！　だからむしろアカシックレコードが壊れたのはアナタのせいで……！」

……あ、とシャルが慌てて口を押さえる。やはりちゃんとバカである。

先日、俺とシャルは《世界の敵》アベル・A(アルセーヌ)・シェーンベルクを追う過程で《虚空暦録(アカシックレコード)》が眠る管制塔に辿(たど)り着(つ)き、二発の銃弾をもってその《システム》を破損させた。

無論それはアベルに奪われる前に壊してしまおうという判断だったのだが、あれだけ《連邦政府》が固執して守り続けていた世界の秘密を破損させたことには変わりない。よって政府からの叱責は覚悟していた……はずだったのだが。

「キミヅカよ！　悪いのはキミヅカ！　アカシックレコードが壊れたのも、なんか一瞬ワタシたちの間の空気が変になったのもキミヅカのせい！」

「あーあ、あの時のお前は素直だったのにな。助けを求めてくれたのにな。いつもああいう態度でいてくれたら俺だってもっとお前に……」

「っ！　その話をするのはルール違反でしょ！　……なによ、あの時のアナタはもっと、なんというか、あれだったのに……なんで今はこう、こう……！」

と、シャルが文意の通らないキレ方をし始めたタイミングで渚が「待った」をかけた。

「なんかラブでコメな空気を感じる」

じとっと俺とシャルを見つめ、だがすぐに表情を切り替え政府高官らに向き直る。

「二人は悪くないから」

渚が俺たちを庇うように腕を広げる。

「君彦もシャルも、アベルから世界を守るために《システム》を破損させただけ。それでも二人を許さないって言うなら……あたしの大事な仲間を傷つけるつもりなら、逆にあたしがあなたたちを許さない」

渚の発言にアイスドールが反応した。

「《調律者》であるあなたが、私たち《連邦政府》に楯突くと？」

「あたしは仲間を守るために正義の味方をやってるんだもん。その目的が果たせないなら《世界の敵》にだってなるよ」

夏凪のその言葉に、一瞬息が詰まった。

きっと今のセリフに他意はない。だがその一言に俺は、アベルと交わした会話を思い出した。奴によれば《調律者》はいつか必ず悪に堕ちる——《世界の敵》になる。それが運命であるとアベルは語っていた。

「そうですか」

一言アイスドールが呟いて沈黙が流れた。

「ですが、我々にあなた方を責める意思は存在しません。確かに《システム》は一部破損しましたが、二発の銃弾で全壊するような代物ではありません。それに」

アイスドールが立ち上がり、他の高官もそれに倣った。そして。

「《特異点》、あなたには謝罪をしなければなりません。申し訳ありませんでした」

アイスドールは、他の高官らと共に頭を下げた。

「な、なに、これ」

シャルが視線を彷徨わせる。叱責どころか謝罪？　一体なぜ――

「――いや、そうか」

高官らの態度から一つの答えが浮かぶ。

「あんたら政府の一部がアベルと手を組んでいた件か」

政府の一部、言うなれば《特異点》を消そうとしている強硬派。彼らは利害の一致したアベルと結託し、俺を排除しようとしていた。実際に俺はアベルから《喪失のコード》なる暗号を付与され、およそ三週間にわたって生きながら死んだような状態に陥った。

「あれから、あなたたちの組織はどうなったわけ？」

渚が問うとようやく高官たちは顔を上げた。

「一部の強硬派は別の職務を担うことになりました」

「左遷ってところか？」

高官の役職を剥奪、とまではいかなかったらしい。

「今は私たち穏健派が実権を握り、《特異点》と共存の道を探っています。ここにあなた方の敵はいない。安心してください」

アイスドールが言うと、高官たちは再び腰掛けた。それを見て俺たち三人も座る。目の前には例によって豪勢な食事と酒が並んでいる。まさか詫びのつもりなのか。しかし未成年に酒を勧めるとは、正義の機関としての自覚はあるのだろうか。

「ロトは、いないの？」

訊いたのはシャルだった。改めて仮面の高官らをぐるりと見渡す。

「あの人はいわゆる強硬派には見えなかったけど」

「…………」

アイスドールは答えない。その無言はなにを意味するのか。

ロトとは確か前回、シャルをあの管制塔のもとへ案内したという高官の名だったか。シャルにはなにか気になることでもあったのだろうか。

「君彦、どう考えてる？」

するとと渚が小声で尋ねてくる。なんのことかと思っていると。

「ほら、あんな目に遭ったのは君彦本人だからさ」

なるほど。高官らの謝罪と説明を受け入れるかどうかということか。

「優しいな。俺のために怒ってくれてるのか？」

「……ばか。からかうな」

渚が軽く小突いてくる。

「ま、今は謝罪でもなんでも受け入れとこう。あいつらを信用するかどうかはさておき、アベルが脅威というのは同じ立場のはずだ。そうだよな、アイスドール？」

「ええ。世界最悪の犯罪者にして《怪盗》アベル・A・シェーンベルク。もはや彼をこのまま野放しにはできません」

ああ、それを認めてくれるなら十分だろう。

今は一旦手打ちにし、一定の協力関係を築く方が得策だ。

「代わりと言っちゃなんだが、教えてくれアイスドール。あんたら高官はアカシックレコードの正体も知ってるんだよな？　なぜこれまで《調律者》には隠してきた？　あんなもの、いつからこの世界にある？」

協力関係を築くつもりなら、その辺りのことは教えてくれてもいいだろう。

そう、思ったのだが。

「《虚空暦録》にまつわる問いに対する回答権を、アイスドールは保持しておりません」

まるでロボットが喋っているかのような、文字通り機械的な答えがアイスドールの口から漏れた。あまりにふざけたその対応に「いい加減に……」とシャルが前に出ようとして、だがそれを渚が止めた。

「違うよ、シャル。多分、アイスドールは本当に答えられないんだ」

「どういうこと？　誰かの指示で口止めを……？」

と、そう言いながら途中でシャルはなにかに気付いたように目を丸くする。

「まさか、それもこの世界を管理する《システム》が封じてる？」

渚はこくりと頷く。

この世界を外側からプログラムのように管理しているという《システム》。時に物理法則をも無視した事象を起こし、俺たちはその影響から逃げることはできない。すべてはその中枢、アカシックレコードによる判断だという。

「大体なんでアカシックレコードがそんなことを決められるのよ」

シャルが眉根を寄せる。なぜアカシックレコードがすべてを決められるのか。どういう理屈で誕生し、なぜ今も正しさの基準であり続けているというのか。

あの時アベルは言っていた、他にもこの世界には秘密があると。まだ俺たちには知らなければならないことが残っているのだろう。

「政府がダメなら、やっぱりアベルに聞くしかないか」

姿を消したあの敵にもう一度会わなければ。

「もう一点、あなた方に話しておかなければならないことがあります」

アイスドールがそう口にした瞬間、奥の襖がガラッと開いた。

「──ミア？」

入ってきたのは装束を纏った《巫女》の少女、ミア・ウィットロックだった。まさか彼女まで乗船しているとは。遠路はるばる英国の時計台からこの日本へやってきたのか。

「偉いな、引きこもりは卒業か？」

「だ、だから引きこもりって言わないで……うっ、気持ち悪い……」

と、船のわずかな揺れに合わせて口を押さえるミア。

どうりで顔色が悪いと思ったら船酔いか。待機中なにをしていたかは聞いてやるまい。

数分後、落ち着きを取り戻したミアは改めて俺たちの前に立つ。

相変わらず可哀想が似合う少女だった。

「実は、新たな予言があったの」

それは《巫女》が視た新たな未来の危機だった。

「でも、これまでの《世界の危機》とは明らかに違う。具体的なイメージはまったく伴わなくて、けれど、確かにこの世界がバラバラに砕け散っていくような、そんな終わりのイメージ。ここ半年ぐらい抱いていた違和感が、ついに形になったような……」

そう口にしながらも、いまだ言語化に迷うようにミアは言葉を探す。

「《巫女(みこ)》にも分からないということは、《虚空暦録(アカシックレコード)》に深く関係することか？」

「タイミング的にもその可能性は高いと思う。あの世界の秘密は私たち《調律者》を始め、《連邦政府》にすらコントロールができない代物だから」

ミアはそうチクリと刺しながら高官たちを見やる。だが今更それに反応する彼らではなかった。ただ、その代わりに。

「《巫女》のその話を聞き、我々はあなた方を招集しました」

そしてアイスドールは仮面を正面に向けたまま告げる。

「我々は此度(こたび)の危機を《大災厄》と呼称することに決めました」

──大災厄。その言葉からは彼らの最大級の警戒度が窺(うかが)える。

「そしてこの《大災厄》には、《怪盗》アベル・A・シェーンベルクが関与する可能性が極めて高い。《特異点》、あなたとの共存を決めた我々としてはもはや、あなたや《名探偵(アルセーヌ)》を頼る他ありません」

どうか、人類を助けるために協力を。

探偵が絶対に断れぬ言葉を用いて、氷の人形は最後にもう一度頭を垂れた。

◆プルーフ・オブ・ターヘル・アナトミア

かの《発明家》スティーブン・ブルーフィールドから数ヶ月ぶりに連絡が来たのは、アイスドールらとの会談を終え、屋形船を降りてすぐのことだった。

用件は簡潔。病院へ来るようにと、それだけの言葉。だがそれで十分伝わる。ついにシエスタの術後の経過観察が終わったのだ。

俺は渚、シャル、そしてミアと共に、迎えの《黒服》の車に飛び乗り、昔シエスタが入院していた病院へ向かう。永遠に感じられた乗車時間は二十分か、三十分か。

午後十一時過ぎ。到着し、息を整える間もなく駆け込んだ病院の待合室。頼りない蛍光灯だけが光るその空間に、スティーブンは立っていた。

「シエスタは！」

膝に手をつき俺は尋ねる。

が、ふと気付くと待合室のソファにはもう一人の先客がいた。

「斎川？」

「君塚さん……」

ひと足先に着いていた斎川は俺の顔を見て、それからなにも言わぬまま俯いた。

「シエスタ、は」

だが、また訊いてしまう。

訊きながら、答えを知りたくないと思った。

「白昼夢はまだ目覚めていない」

一人、顔を前に向けたままのスティーブンが俺に言った。

一体どういうことなのか。手術は成功したと聞いていた。ただ、しばらく経過観察の期間が必要だと。それさえ明ければシエスタは目覚めるはずだと。

「……まさか例の後遺症が原因か？」

シードの《種》の力で自身の意識を心臓に宿していたシエスタは、移植手術によって元の人格や記憶を失うリスクがあった。俺たちは悩んだ末、それでもスティーブンに頼んで手術に踏み切ってもらったわけだが……。

「いや、後遺症以前の問題だ。医学的にも科学的にも白昼夢が目覚める要件はすでに達成されている。にもかかわらず、一向に意識を取り戻す様子が見られない」

「っ、どうして……！」

「キミヅカ」

シャルが首を振った。

……分かってるさ。怒鳴ったって意味がないことぐらい。

「こんな仮説がある。人体には元々、心や魂あるいは感情といった概念を司る臓器が備わっているのではないか、と」

スティーブンは白衣を翻しながらコツコツとその場を歩く。

「その臓器は目には見えない。触れない。しかし確かに人体のどこかに存在する——そんな仮説を提唱する医師やあるいは宗教家を僕は数人知っていた。知っていながら、正しいとは思わなかった」

「……それはそうでしょうね。神も幽霊も、未知の臓器も」

神職に就いているミアが自嘲気味に呟く。目に見えないものは信じられない。信じるに値する論拠がない。医師であり科学者でもあるスティーブンにとっては尚更だろう。

「だが僕はあるサンプルを目の当たりにして、己の考えを改め始めた」

スティーブンは立ち止まって言った。

「《原初の種》だ」

俺たちのかつての敵、《SPES》の親玉。しかし、なぜ話がそこに繋がるのか。

「《原初の種》は地球に飛来して以来、多種多様な生物に寄生しながら生きながらえ、最終的にはヒトのDNA構造を学習し、自身もヒトの姿になった」

「ああ。そうしてシードは自身のクローンとして、ケルベロスやカメレオンのような《人造人間》を生み出していた」

確かに奴らは変身能力や人間離れした力を持ってはいたが、普段はヒトと変わらない姿で、俺たちと同じように喜怒哀楽の感情を持っていて――

「――まさか。シードはヒトの感情すら、DNA構造から学んでいたのか？」

ヒトに擬態して生きる間に後天的に学習したばかりではなく。最初にヒトに寄生しその人体構造をコピーした時点でシードはヒトの感情を……それを司る臓器を獲得していた。

だからこそシード自身もそのクローンたちも、ヒトと変わらぬ感情を持つことができたのだと。少なくともスティーブンはそう言いたいようだった。

「そういえば、前にドラクマが似た話をあたし達にしてたよね」

渚が昔の出来事を思い出すように言う。

「ヒトの鼻腔と咽頭の間あたり。そこに未知の臓器のようなものが隠されていることが最近の研究で明らかになったって」

ああ、そうだった。そしてシードの《種》は渚のその器官に強く根付き、《言霊》という特別な機能をもたらしたのではないかと語っていた。

「ゆえに今、僕はこう仮説を立てている」

そしてスティーブンは改めて主張をまとめる。

「人体には、人の《意志》を司る臓器が存在するのではないか」

　昔、俺は魂のありかがどこに存在するのかを考えたことがあった。渚が生死を彷徨(さまよ)い、眠りから目覚めなかったあの時。シエスタと共に知恵を絞り、スカーレットにも頼った。魂はどこにあるのか。人の感情は、意識は、どこに眠っているのか。

　スティーブンは今、俺も先日触れたばかりの《意志》という概念を用いて、答えを出した。人の《意志》は、この目に見えない形で人体のどこかに眠っていると。

「吸血鬼の作る《不死者》が本能だけ宿して生き返る理由も、まさか」

　もしかするとあの時スカーレットは、すでに答えを悟っていたのだろうか。

「しかし白昼夢の場合はやや事情が特殊だった」

　俺が理解したと見て、スティーブンはさらに話を続ける。

「白昼夢は《種》の力で己の意識を心臓に宿していると口にしていた。つまり彼女の《意志》が一部、実際に心臓へ分け与えられていたのだろう。本人にそのプロセスを踏んだ自覚はなかっただろうが」

「一部ってことは、大本はどこにある？　心臓に分け与えていないシエスタの《意志》の大本は……あんたの言う、目に見えない臓器として人体のどこかに存在するんだろ？　それがあるなら目覚めるはずじゃ……」

「ああ、僕もそれを期待していた」

だがそうはならなかった、と。スティーブンは現実を告げる。

「考えられる要因は一つ。今、白昼夢の身体には《意志》を司る臓器がどこにもない。恐らく、何者かによって奪われた」

臓器が、奪われた。

それも人の目には見えない、触れないはずの臓器が。そんな理解不能なことをやってのける存在がいるとすれば、それは。

「アベル」

ミアの小さな声が、夜の病院に反響する。

あいつが。あいつの《暗号》が、シエスタの《意志》を奪った。盗んだ。

でも一体いつ？　どうやって？

「君彦。確か前に一度、シエスタと一緒に《怪盗》と会ってるんだよね？」

渚が過去の出来事を思い出させる。もう一年以上前、彼女の代わりにと言うべきかシエスタが少しの間だけ目を覚ましていた時、俺たちは一度だけ《怪盗》に会った。

そこでは奴は当時の《革命家》の姿に化けていたわけだが……あの時、どこかのタイミングで奴はシエスタに《暗号》を仕込んでいたのかもしれない。来るべき時にシエスタの身体から《意志》を司る臓器を抜き取る特別なコードを。

「どこまで俺たちを愚弄すれば気が済む──アベル」

そのまま立っていられず、俺はソファに座り込んだ。

「やっと、やっと、マームに会えると思ったのに」

ここまでじっと耐えていたシャルが声を絞り出した。その手には、昔シエスタに贈られたという宝石のペンダントが握り締められている。

誰よりシエスタを慕っていた。誰よりその背中を追っていた。知っている。俺が一番知っている。あの三年間、ずっとその姿を見てきたから。

「……まだです。まだ、ここからです！」

声を上げたのは斎川だった。そのまま立ち上がってスティーブンに問う。

「敵から《意志》を司る臓器を取り返せたら、シエスタさんは目覚めるんですよね？」

「ああ、その可能性は高いだろう」

「高い、じゃなくて！　絶対だと、必ずと、そう言ってください」

眼帯を外した斎川の青い瞳がスティーブンを射抜く。

これまでただの一度も顔色を変えたことのない──少なくとも俺はそれを見たことのない闇医者が、初めてわずかに目を見開いた。

「やはり興味深い声をしている」

そう呟き、スティーブンは小さく吐息を漏らす。

「約束しよう。本当にそのような成果を上げた暁には、必ず」

それを聞き遂げた斎川（さいかわ）は俺たちに向けてこう言った。

「さあ、仲間を救う冒険の始まりです」

◆最後の旅へ往（ゆ）く

四日後。大きなスーツケースを引いた俺は、日本の国際空港にいた。

「やれ、見送りなんて必要なかったんだけどな」

出発ロビーで振り返った俺は、そこにいた斎川とシャルに苦笑を向ける。

斎川は周囲にバレないように変装して、またシャルも犬猿の仲であるはずの俺を見送るためにわざわざ空港へ来てくれていた。まさに俺への信頼の厚さが窺（うかが）える。

「あの、君塚（きみづか）さん？　わたしたちにあれだけ出発便の詳細を共有しておいてよくそんなことが言えますね？」

「まったくよ。『見送りには来なくていい』ってわざわざメールしてきて。来てほしいなら素直に言いなさいな」

斎川とシャルの呆（あき）れたジト目が突き刺さる。

いや、全然そんなつもりはなかったんだけどな？

「けど、本当にアナタは行くのね」

シャルが真剣な表情に戻って訊く。

「ああ、アベルから全部を取り返してくる」

いわゆる《大災厄》にまつわる新たな予言がなされたのは昨晩のこと。

世界を巻き込む未曾有の《大災厄》、その中心地が欧州の西端フランスになりそうだと、未来視を終えたミアは告げていた。

もし本当にアベルがシエスタの《意志》を宿した臓器を盗み出しているのだとしたら、なにがあっても俺はそれを取り返す。アイスドールの嘆願など二の次だった。

「……すみません、君塚さん。この前はあれだけ意気込んでおきながら、わたしはお手伝いができなくて」

斎川がどこか気落ちした表情で頭を下げる。

結局斎川は、自分はきっとその戦いについて行けないからと、足手纏いになってしまうからと、自ら日本に残ることを決めていた。

「斎川が気にすることはまったくない。シャルも、斎川のことを頼むぞ？」

今回、シャルには斎川やいまだ眠り続けているシエスタを守る役目を任せていた。万が一、俺の不在を狙ってアベルが現れないとも限らない。そうなった場合、《暗号》に抵抗できる《意志》の力を使えるシャルの存在は不可欠だった。

「でも、本当にそれでいいの？」

シャルは視線を落とし、自分の腕を抱く。

「マームのそばにはノーチェスもついてくれてる。それこそスティーブンだって。なのにいくらアナタが《特異点》で、一度アベルを封印できたことがあるからって、今回も上手くいくとは……」

そう言いながら顔を上げたシャルと目が合う。

いつもは強いエージェントのエメラルド色の瞳は、不安そうに揺れていた。……まったく。シャルにそんな顔をさせるとは。

「そんなに心配してくれるとは、ひょっとしてお前、俺のこと好き過ぎか？」

「は、はあ!?」

シャルが心外とばかりに青筋を立てる。

「だ、誰がアナタを！　……あー、もういいわよ、心配して損した！　勝手に一人でどこへでも行けば！　ユイ、帰りましょ！」

「あのー、シャルさん？　典型的なツンデレヒロインみたいな反応をしちゃってますけど大丈夫です？」

まあ、シャルが承服できないのも無理はない。実際、彼女の指摘は正しい。俺がアベルと正面からやり合って勝てる確率はいかほどか。

たとえば俺が今の状況にありあまる理不尽を感じていて、それが《特異点》としての力を引き出すのであれば、アベルに抵抗できる可能性はある。だがそれも結局、俺が意識下でコントロールできることではないだろう。

「大丈夫！　こんな時のために探偵はいるんだから」

と、その時。ゴロゴロと大きなキャリーケースを引いて渚が現れた。その後ろからはミアがひょこっと顔を覗かせている。

「あたしと君彦で、必ずアベルをとっ捕まえる。シエスタの目も覚まさせてみせるし、世界だって救ってくるよ」

自信に満ちたその表情。同じ《名探偵》としてシエスタと自分を比べていた頃の彼女はもういなかった。

「ミアも、よく見送りに来てくれたな」

普段は巫女装束ばかりに身を包んでいるミアだが、今日は珍しい私服姿。出国前にいいものを見られた。

「な、なによ。そんなに見てきて」

「いや、なかなかいいセンスだなと思ってな」

「どうせバカにしてるんでしょ。引きこもりが背伸びしてファッションを楽しもうとした挙句に大失敗してるって心の中で笑ってるんでしょ！」

「相変わらずネガティブが天元突破してるな」

思わず苦笑していると、斎川がくいっと俺の袖を引っ張った。

「き、君塚さん？　なんだかミアさんと仲睦まじげですけど、年下ヒロイン枠はわたしのものですよね？　途中参戦してきた子に勝ち目なんてないですよね!?」

「お、斎川、そういうリアクションもできるんだな。新鮮でいいぞ」

斎川は「ぐぬぬ」と悔しそうにしながらも深呼吸を挟み、真剣な顔つきに戻る。

「君塚さん。特別に……今回だけは特別に、次のライブの関係者席を空けておきます。なので、絶対無事に戻ってきてください」

「ああ、それはなにがあっても帰ってこないとな」

トップアイドル唯にゃからここまで言ってもらえるとは。これは責任を取って将来、俺が斎川の婿にならなければいけないかもしれない。

「もしかすると、もうこれ以上《大災厄》に関する未来は視えないかもしれない。でも、せめて巫女として祈るわ。……きっとあなたはセンパイを助けられる。それは《特異点》だからじゃない。あなたが、君塚君彦だから」

「ミアまでそんなことを言ってくれるのか？　急に無敵になった気がしてきたな」

そう言うとミアは「バカなの？」とツンとし、だがすぐに微笑んだ。

「わ、わたしよりいいセリフを……」

すると斎川が勝手にライバル心を掻き立てられたのか慌て出し、一方で世間に疎いミアはこの芸能人っぽい人は誰だっけと首をかしげる。

「唯ちゃんがこういうポジションになるの初めてじゃない？」

「もう、緊張感が台無しね」

そして渚とシャルも顔を見合わせ、互いに笑う。

やれ、シエスタがいなくてもこの騒がしさか。

俺はそう心の中で呟きながら、ふとある男の言葉を思い出した。

一言一句正しく記憶しているわけではない。でもあいつは……俺の師を名乗っていたあの男はこんなことを言っていた。

これから先、君塚君彦という人間は出会うべき人間に出会い続けると。隣には必ず誰かがいてくれると。だから今、家族や友人がいないことは特別じゃないと。

俺はそんな未来に半信半疑で、でもせめて、この目に届く範囲の相手には手を差し出そうと、そう思って生きてきた。

「なんだ、たまには本当のことも言うんだな」

賑やかな四人から少し離れて俺は上を向く。

なにが見えるわけでもない。でも、今は仕方なく上を向いた。

そうこうしている間に搭乗の時間が迫ってきた。日本を発つのは俺と渚の二人だけ。俺は改めて斎川、ミアと握手を交わす。

　そしてシャルとも目が合い、だがなんとなく互いに視線を逸らした。

「…………」

　まあ、言葉はいらないか。俺はスーツケースを引き、渚に続いて背を向けた。

「キミヅカ！」

　思いがけず、シャルが俺を呼んだ。

　振り返る。揺れる瞳と言い淀む唇。

　ああ、そうだった。俺たちはこれまで、言葉というものを蔑ろにしすぎていた。

「どうした？」

　だから俺は彼女の言葉を待った。不器用でも大切な、短い言葉を待った。

「必ず、戻って来て」

「ああ、世界を救った後でな」

　俺とシャルは近づき、どちらからともなく軽いハグを交わす。それからシャルは渚の背にも腕を回した。

「じゃあ、行ってくる」

　世界を救い、眠り姫を目覚めさせ、ハッピーエンドへ至る道標。

　きっと大丈夫。そう信じて、旅へ出た。

◇だって巫女(わたし)はアイドル(あなた)より

君彦(きみひこ)と渚を空港で見送った後。滞在中のホテルに戻ろうとした私は、斎川唯(ゆい)に連行されて彼女のライブリハーサルに参加させられていた。

冷静に言葉にしてみても意味が分からないのだけれど、なぜかドームの観客席でシャーロットと共にファン役を熱演させられたのだ。

ピンクのサイリウムを振って、紙を見ながら必死にコールをして。エキセントリックな歌詞にくらくらさせられて、もう限界というところでようやく二時間のリハは終わった。

「お二人とも、ご協力ありがとうございました！」

休憩室に戻ると、唯は元気よく笑顔を見せる。

あれだけ飛んで跳ねて歌っておきながら、すぐ何事もなかったかのように元気はつらつとしていられるのは正直すごい。それに比べて普段引きこもってばかりの私は……あ、消えたくなってきた……。

「あれ、ミアさん。なにか嫌なことでもありました？」

すると唯は人の気も知らないで顔を覗(のぞ)き込んでくる。

「……嫌なことならいっぱいあるわよ。こ、こんな格好までさせられて」

今の私はライブTシャツを着せられて、顔には小さくフェイスペイントを入れられて、よく分からないヘアアレンジまで施されている。こんなの、もしリルにでも見られたら生涯バカにされることが確定してしまう……。

「それは仕方ないじゃないですか！　本番さながらでやらないと！」

「そのプロ意識は立派だけど私が付き合わされる意味は？」

私はほとんど背格好の変わらない、でもメンタルは真逆の少女をじとっと見つめる。

「あれ、もしかしてわたし、ミアさんに嫌われてます？」

「も、もとを正せばあなたが最初、私に変な絡み方をしてきたんでしょ？　年下ヒロインがどうとか言って……」

「ああ、それなら大丈夫です！　ミアさんよりわたしの方が年下ってことが判明したので！　より年下の方が年下ヒロインとしての純度は高いんですよ」

よく分からないことを言って胸を張る唯。

もう絡まれないならなんでもいいや、着替えよう……。

「ユイ。黙って聞いてたけど、リハーサルの観客役なんてワタシだって別に乗り気じゃなかったのよ？　今回きりだから」

するとシャーロットも精神的に疲労困憊の様子で缶のミルクティを飲む。

「あはは、すみません。まあ、この後はお礼にわたしの奢りでディナーですから！」

「次のリハーサルはいつやるの？」

あ、それでチャラになるんだ……。

まったく、君彦の周りにいる女の子は本当に変わった子が多い。私以外。

「というか、こんなことしてていいの？」

私はフェイスペイントを落としながら訊く。

今、私たちの目の前には大きな災厄が迫っている。もちろんライブのリハーサルは唯にとっては大事な仕事なのだとは思うけど、さすがに呑気にディナーまでは……。

「シエスタさんだって、事件が起きてても紅茶はゆっくり飲んでいたのではなかったでしたっけ？」

「……まあ、それはそうだったかも」

あとはケーキもよく食べてた。それにピザも。

「どんなに切羽詰まった状況下だろうと、時間が経てば人は眠くなるしお腹も空く。それを無視して焦っていても、問題は解決しないでしょ？」

むしろコンディションが悪くなるだけ、とシャーロットが冷静に言った。確か、彼女の肩書きはエージェント。そういう戦場を何度も体験してきたのだろうか。

対して私の使命は未来を視て、危機を察知し、他の《調律者》にそれを解決してもらうこと。……つまりは他人任せ。

正義のために死線に立つのはいつだって《名探偵》や《魔法少女》や《暗殺者》ばかり。私はただ彼女たちの傷を遠くから眺めることしかできない。今だって最後の戦いへ向かったのは渚と君彦の二人だけだ。

「こういうのは適材適所よ。《調律者》だって戦闘員ばかりじゃ困るから、アナタのような役職が何千年も存続してるんでしょ？」

なにかを察したのかシャーロットは軽く微笑みながら私を励ます。

「それに大丈夫よ。あの二人だって」

「そう思う？」

「ええ。ナギサはもちろん、キミヅカもいつだってこういう時はワタシたちの予想や心配を無視した奇跡を起こしてきた。いつものあり得ないほどの不幸分を清算するようにね」

どこか棘のある口調で、横顔は呆れたような苦笑。でも。

「信頼してるのね、彼を」

コミュニケーションが不得手な私が見てもそれは明らかだった。

「嫌いだけどね、あんな男」

そうだろうか。気兼ねなく誰かといがみ合える関係性というのは、ひょっとすると親友や恋人よりも強い結びつきではないのかという気もする。だってこの先、どんなに互いを嫌いになっても、一生その縁は途切れないのだから。

「シャルさんが君塚さんのことを嫌いと言えば言うほど、あー、誰もこの関係性には入り込めないな、と思いますけどね」

「ユイまで変なこと言わないでくれる⁉」

怒りかそれとも別の意味か。顔を赤くしたシャーロットは缶のミルクティを飲み干して立ち上がる。

「はあ、ワタシを変にいじった罰よ。二人とも飲み物を買ってきて」

「え〜、ミアさんはともかくわたしもですか？」

「ユイ、たまにアナタってすごい黒い顔見せるわよね」

シャーロットは顔を引き攣らせる。

「飲み物ならお水もお茶もコーヒーもありますよ？」

「このミルクティじゃないと嫌なの。ドームの外の自動販売機にあったから」

ほら、行った行った、と。シャーロットは手で払う。

それを受けて唯はやはり不満そうに立ち上がる。一方の私はこれを言うべきかどうか迷いながら……それでも髪の毛をキュッと括ってこう口にした。

「近くまで来てるのね、敵が」

刹那、影が現れた。一つしかない個室の扉の前に、それは立っていた。

「なんですか、あれ……」

眼帯を取り青い瞳を見開かせた唯が呆然と呟く。

最初に影に見えたのは、黒いローブだった。それを纏った骸骨のような生物が、両手に弓形の刃を握っている。まるで命を盗みに来た死神のようだった。

「逃げて!」

シャーロットが叫んだのと同時、死神が姿を消した。次の瞬間、激しい金属音が鳴る。

死神の刃と、シャーロットが引き抜いたナイフが鍔迫り合いを起こしていた。

「逃げましょう」

気付けば私は、唯の手を掴んでいた。

「でも!」

「アレには敵わない!」

一瞬振り返ったシャーロットと目が合う。

気高きエージェントは、小さく頷いて微笑んだ。

「ごめんなさい」

私は、躊躇う唯の手を取って走り出す。今考えるべきはシャーロットが食い止めてくれている間に、唯と共にあの敵から逃げ切ること。それだけだ。

「ミアさん、あの敵は一体……」

「……分からない」

廊下に出る。周囲に人はいない。あれだけいたスタッフはどこへ行ったのか。

「関係者用の出口が近くにあります！」

唯の指示に従って廊下を走る。

あの死神はなんなのか。でも誰が作ったのかは明白だ。アベルしかあり得ない。

そしてアレが敵の《暗号》によって作られた存在だとしたら——勝てない。私の《意志》では到底アベルの《暗号》には打ち勝てない。

「……ッ、リル」

あの魔法少女だったら。顔を合わせたらいつも喧嘩になってしまうけど、でも私なんかより遥かに正しく世界のために戦ってきたあの子だったら。

「ミアさん！」

唯の言葉に顔を上げる。気付けば景色が変わっていて、不思議な空間を走っていた。

「……なによ、これ」

暗闇の中、頭が痛くなるようなビビッドカラーのガラクタが所狭しと浮かんでいる。たとえば車椅子、たとえば古時計、たとえばマイクやドレス。他にもエメラルドのペンダントやマスケット銃や赤いリボン。見覚えのあるモチーフばかりだ。

「ミアさん、あっちです！」

立っていた奇妙な鏡文字の看板を無視して、唯が右の曲がり角を指差した。青い瞳が光っている。彼女の目を信じるしかない。

角を曲がると、小さな桃色の人影が、男女の影の前で歌を歌っていた。でも急に苦しくなったのか、喉を押さえて倒れ込んだ。するとそれを見ていた男女の影はどこかへ去っていき、桃色の影は必死に腕を伸ばした。

「これは、わたしの……」

「……っ、なにを見せたいの、アベル」

まるで絵本の中に悪夢を混ぜたかのような世界。

廊下を曲がると、今度は一人の少女が壇上の椅子に座っていた。巫女の服を着た紫色の影の少女。その下には、土下座をするように平伏す数十人の人影。やがて彼らを炎が襲う。けれど少女の影は椅子に座ったまま微動だにしなかった。

「――ああ、ここは」

ようやく分かった。この世界は私たちの罪と後悔。

であればアベルが、これから私たちを連れて行こうとしている場所は。

「ミアさん、そこです！」

暗闇に一枚の扉が現れる。開けるしかない。私は荒い息のまま、唯と共に外に出た。

死神がそこにいた。

一体だけではない。数十体の骸による空洞の瞳が私と唯を冷酷に見つめていた。

「…………あ」

唯が小さく声を漏らす。握った手は震えている。でもそれは私も同じだった。

「巫女失格ね」

こんな未来すら視えないなんて。

ああ、怖い。どうしようもなく怖い。どうせ世界は滅びるしだなんていつも口先で言いながら、いざ自分の目の前に終わりが迫ると、こんなにも身体は震えるんだ。

「みんなはそれでも戦ってきたのに」

私以外の《調律者》は、世界を救うために命を張ってきたのに。センパイも、渚も、リルも、みんな――

「ミアさん？」

唯が私の名を呼ぶ。そっと手を放し、彼女の前に立った私の名を。

「怖い。嫌だ。怖すぎる……」

言動は一致していない。今にも涙が溢れそう。それでも私はガクガク震える足で立ち、唯を守るように腕を広げる。――だって。

「みんなはそれでも戦ってきたから！」

脳裏にたくさんの顔が浮かぶ。センパイに渚にリルに、それからシャーロットやオリビアや君彦も。

なんとなく、分かってしまう。

「唯、守りきれなかったらごめんなさい」

これは絶対に勝てない戦い。そういう敗北が決まりきったイベント。

「多分、私はここでいなくなる」

ああ、自分で言いながらまた泣きそうになる。……怖いなあ。

「それなのに、わたしを守ろうとしてくれるんですか？」

唯もまた不安げな顔で、それでも逃げることなく私に訊く。

「ええ、当たり前でしょ」

私は顔を上げ、死神の群れに向かって歩き出す。

「だって私の方が、あなたより年上なんだもの」

◆凶兆の夜汽車

空港でミアたちと別れた俺と渚は、そのまま欧州はフランスに飛んでいた。そこからは《大災厄》の中心地と予測されている地域まで鉄道で移動する。

乗客はまばら。二人がけの横並びの席。

疲れていたのか、渚はうつらうつらと船を漕ぎ出した。時刻は午後九時。今日のところは、このまま目的地に着いたらすぐにホテルで休むことになるだろう。

「大一番は明日以降、か」

俺たちは間違いなく、もう一度アベルと戦わなければならない。その時、必要になるのはやはり《特異点》の力だろう。

事実、俺は以前、自分でも上手く説明できない力によってアベルのもとへ通じるドアの鍵を開け、奴の動きを一時的に封じることができた。……しかしなぜそんなことが可能だったのか。《特異点》とはなんなのか。

曰く、世界の軸を動かすシンギュラリティ。

曰く、無意識に望んだことが叶えられるご都合主義。

本当にそんな力、俺が持っているのだろうか。もしそうなら俺の人生、こんな理不尽なことばかりに巻き込まれることもない気がするが……。

……いや逆に言えば、たった一度の奇跡を起こすために普段はこれだけの不運に遭っているとも考えられるだろうか。だとすれば、日々の理不尽は多少許容しなければならないか？　自分を納得させる理屈にしてはちょうどいい。

「渚はどう思う？」

果たして《特異点》の役割とはなんなのか。君塚君彦という人間は何者なのか。

渚の返事はない。寝息を立てながら、とすんと俺の肩に頭が乗った。俺は苦笑しつつ渚の頭に手を伸ばそうとして、さすがに踏みとどまる。

こんなに近くで渚の顔を見たのはいつ以来だろうか。長いまつ毛、きめ細やかな肌。大人びた色のルージュを引いた唇は、つい視線を引き寄せられる。

「……この凝視はさすがにアレだな」

我ながらこれは言い逃れができない。俺はぐっと視線を正面に引き戻す。

そういえば、以前あいつに言われたんだったか。当時はアベルという正体を隠していた頃の守屋教授に——本当は夏凪渚のことを親しく思っているはずだ、と。

「そんなの当たり前だろ」

催眠になんてかかっていなくても、いくらでも言ってやる。俺がどれだけのものを渚から貰ったか。そしてどれだけものをまだ返せていないか。いつかそれが釣り合う日が来るまで、少なくとも俺の方から渚のもとを離れるつもりはない。

ビジネスパートナーとして、と。その便利な言葉へわずかに罪悪感を持ちつつも、俺はそう結論づけた。

「これからも頼むぞ」

そしてついでに。俺は躊躇っていた手を渚の頭に伸ばし、そっと撫でた。

他意はない。あくまでも労いである。

そう自分に言い聞かせつつ渚の頭を撫でていると、なんだか段々とその顔が赤くなっていき、閉じた口がもぞもぞと動き始める。……なるほど、これはつまり。

「起きてるなら先に言え！」

「だ、だってぇ！」

一体いつから寝たフリをしていたのか、とはお互いのために訊かないでおこう。

「さ、こっからは真面目な話をするぞ」

「え、もうこの甘い空気終わり？」

渚は「嘘でしょ」と信じられないものを見る目で俺に訴えかけてくるが終わりである。

「……いじわる」

ため息をつきつつも、渚も今の切迫した事態は理解している。アベルの話ね、と言ってすぐに表情を切り替えた。

「君彦はこの前、一度アベルに会ってるじゃない？　正直どう思った？」

「どう思った、か。だいぶ漠然としてるな」

「でも敵を知ることは大事でしょ？」

それは、確かに。実際のところ俺は奴のことをほとんど知らない。世界最悪の犯罪者だとか、そんな仰々しい肩書きはなにも本質を示していない。

世界を守るのもいい、仲間を取り戻すのも当然だ。だが、そのための障壁がどんな存在なのか、それを理解することを避けては通れない。

「前も言ったと思うがアベルは、より善い世界を作ることが目的だと口にしていた」

その理想のためにアカシックレコードを盗み出し、この世界を自身の《暗号（コード）》によって徹底的に管理すると。

「でも、やっぱり妙なんだよな。罪や悪のない世界を作ろうとしているのに、自分は犯罪計画ばかり立てている。なんだか言動が矛盾しているというか」

「うん、あたしもそれは思う。ただアベルには、この世界に罪のない人間はいないって考えもあるみたいだから、そういう人間に対して恣意的な罰を与えていると捉えることはできるかも」

「……なるほど。理想の世界を作るための必要悪、か」

無論、アベルがすべて心のうちを語っているとは思えない。恐らく俺たちはまだアベルについて知らなければならないことが多くある。なぜ奴（やつ）は罪や悪にこだわり、この世界を新たな理想郷へ作り替えようとしているのか。

「あたしはさ、動機って二段階あると思うんだよね」

渚（なぎさ）は二本指を立て、俺に説明を試みる。

「たとえばあたしが君彦（きみひこ）を殺したいとするじゃない？」

「猛烈に嫌なたとえだな……。で、その動機は？」

「他の女に取られたくないほど、あたしが君彦を愛しているから」

「真顔で怖すぎること言うなよ。……あくまでもたとえだよな？」

だがまあ言いたいことは分かった。それが一段階目の動機ということだろう。

「で、二段階目。どうしてあたしは君彦を殺したいほど愛してしまったんだと思う？」

「なるほど。その二段階目の動機の方が重要ってことか」

「そう、やっぱり深層心理に近いのはそっちだから」

つまり渚はこう言いたいのだろう。

世界を作り替えようとしているアベルにも二段階目の動機があるのかもしれない。そういう「悪」として生まれたからと、簡単に定義するべきじゃないと。

「ちなみになんで渚は俺を殺したいほど愛してしまったんだ？」

「だ、だからたとえ話だってば。それ以上言ったら倍殺し！」

「こうなるとそのセリフも別の意味を持ってくるよな。殺意二倍、愛情も二倍みたいな」

「ねえ、もう大人しく鈍感系主人公だけやっといてよ！」

渚がよく分からないことを言いながら頭を抱える。探偵助手は敏感な方がいいのではと思わないでもないが、余計なことを言うのはやめておこう。

「悪い、悪い。アベルの話だよな」

なぜ奴(やつ)は世界最悪の犯罪者としてあり続けているのか。

「ホワイダニットで考えてみるか」

それはミステリ小説のパターンの一つ。犯人が誰か――フーダニット、どうやって犯行を犯したか――ハウダニット、そしてなぜ犯行を犯したのか――ホワイダニット。

昔の名探偵は……シエスタは、そのうちフーとハウにこだわることが多かった。誰が一体どのようにして犯行を犯したのか。でもホワイに関して、犯人の動機を考えるのはそこまで重要視していなかったように思う。シエスタ自身、他人の感情を完璧に汲(く)み取(と)るのは少し不得手だったのだろう。

逆にそれが得意なのはもう一人の名探偵……夏凪渚(なつなぎなぎさ)だ。彼女自身が激情を抱き、いつだって他者の感情に常に敏感であり続けた。そして今もアベルの感情を……その意志こそを読み解こうとしていた。

「アベルが犯罪計画を企てる真の動機、か。考える余地はありそうだな」

「うん。あたしも少し、自分の中で整理してみるよ」

渚はそう言ってぐっと伸びをする。

どうしてアベルはこんな事件ばかり起こすのか。

猟奇的な犯人だから、と結論づけるのは簡単だ。だが奴はかつて「善い世界を作ることが目的」だと語っていた。その矛盾はどう考えればいいのか、きっと鍵はそこにある。

「まだ伝わっていなかったか」

一瞬で空気が変わった気配がした。

その違和感の中心地は、通路を挟んで反対側の席。そこにアベルが座っていた。

「……守屋（もりや）、教授」

渚はその慣れ親しんだ名前を口にし、目を丸くする。

俺はすぐに立ちあがろうとして、しかし力がまったく入らないことをすぐに知る。なにかの《暗号（コード）》をかけられているのか、俺たちはその場から動けない。

「動機など、そんなものは存在しない。僕は『悪』であり、それ以上でも以下でもない。君たちと、そして人類と同じだ」

手には文庫本。視線を本に落としたままアベルは俺たちに言う。次の瞬間、車窓に映ったアベルの横顔は、頬（ほお）が瘦（こ）けた死神のように見えた。

「さあ、行ってくるといい」

アベルが指を鳴らす。刹那、俺たちを除く乗客が全員消えた。

「なんだ、これは」

気付けばアベル自身もいなくなっている。そして。

「渚？」

今度は寝たフリなどではなく。

どさり、と。渚が事切れたように俺の膝の上に倒れ込んだ。

「ッ、渚……渚……！」

アベル・A・シェーンベルクは、《特異点》のもとから一瞬で《名探偵》を奪い去った。

◇名探偵の罪状

心地よい暗闇がそこにはあった。

全身を包み込む闇。それはゆりかごのようにあたしを外界から優しく遮断する。

昔は、暗い場所が嫌いだった。

生まれた時から天涯孤独。身体も弱くていつも病院のベッドが居場所だったあたしは、新薬の開発を謳う施設に入れられて、苦しい治験をたくさん経験した。外の光も入らない暗い処置室は、あたしにとってトラウマの象徴だった。

だから今、こんな風に暗闇を心地よいと感じられるようになったのは、もしかすると成長の印なのだろうか。過去の自分を、トラウマを、卒業できた誇るべき証。そう考えるとなんだか、もっとここにいたくなる気もする。

『本当に？』

誰かがあたしに問いかける。あるいは自問自答だった。

違う。やっぱり違う。

この暗闇はなんだか作り物のような気がする。……だって暗闇っていうのはもっと、あたしたちに対して平等に無情だったはずだから。

「なんであたし、こんなところにいるんだっけ」

さっきまで誰と一緒にいて、なぜこんな場所にやって来たのか。

「ここにいちゃいけない」

少なくともそれだけは確かで、あたしは立ち上がった。

このまま、この暗闇の中にいてはいけない。外には眩しい光が差していることを、昔ある男の子に教えてもらったから。

そうしてしばらく暗闇を歩き続けていると、一枚の大きな扉を見つけた。外に出られるのか。あたしはドアノブを捻って扉を開ける。

扉は、とある家のリビングに繋がっていた。振り返るも、さっきまでの暗闇はどこにもない。急に現実に戻った？　だとすればここはどこ？

少なくとも日本ではない。リビングの内装は英国風。そしてソファには、一人の綺麗な若い女性が座っていた。着ているスーツには議員バッジが光っている。

しばらくしてキッチンの方から高齢の女性が、二人分の紅茶とクッキーを持ってやって来た。二人は親子のようで、ソファに座ると仲睦まじげに話し出す。その様子を見ているうちに、段々と頭がハッキリしてきた。あたしはこの二人を知っていた。

「――ベネットさん」

そうだ。一度この家を訪ねたこともある。その時のあたしは今とは違う姿だった。そして他に、探偵の少女と助手の少年と一緒だった。

「あの！」

思い切って声をかけるが二人は気付かない。あたしの姿も見えていないらしく、二人の会話を見守ることしかできなかった。

それからしばらくして娘さんの方が「そろそろ」と時間を気にして出かけようとした。

「待って！」

あたしは叫んだ。行っちゃダメだって。

あたしはなぜか知っていた。これが二人の最後の会話になることを。

でもあたしの声は届かない。彼女の手を掴めない。慌てて後を追いかける。玄関が開いて外に出る――また違う景色が現れた。

「ここって……」

そこは人気のない夕暮れの路地裏。

さっきの娘さんが……デイジー・ベネットさんがうつ伏せで倒れていた。

背中から胸にかけての裂傷、血溜まりが広がっている。もはや手の施しようはない。それでもあたしは助けを呼ぼうと辺りを見渡した。そこで、気付いた。

「ああ、やっぱり、そうなんだ」

そこには一人の少女がいた。

虚ろな目をした軍服の少女が、刃物を持って立ち竦んでいた。

「ごめんなさい」

あたしは手を伸ばした。

彼女はあたしの分身。あなたのその罪はあたしの罪。

両腕を伸ばし、せめてその罪ごと抱き締めようとした。――両腕は空を切った。軍服の少女はすでに手の届かない場所へ消えていた。

ここは、あたしの罪の記憶の世界だった。

「なにがしたいのよ！　アベル！」

思わず叫んだ。叫んだ時にはまた、あの暗闇の空間にあたしはいた。

「……痛ッ！」

突然、右腕に痛みが走る。袖を捲ると覚えのない傷がついていた。

誰の仕業かは分かっている。あたしはアベルの《暗号》に囚われたのだ。この傷は、あたしの感じた罪悪感？　こんなやり方で敵はあたしを殺すつもりなのか。

「負けない」

負けてたまるか。この意志が燃えて尽きてなくなるまで戦い続ける——今度こそ。

気付けば暗闇には、無数の扉が浮かんでいた。

すべて開けよう。そこにどんな苦しみがあったとしても。

「この足は止まらない」

自分自身に言霊の呪いをかける。

あたしは渚。《名探偵》夏凪渚。

暗闇のゆりかごを置き去りに、新しい扉へ向かって歩き始めた。

◆紅色の狼煙が上がる

終着駅に辿り着き、俺は列車を降りた。

不自然に人っ子一人いないホーム。それでも電車は動いていて、駅の自動アナウンスが流れている。まるで人がいなくなってもこの駅や街そのものを動かすシステムだけがどこかで稼働しているかのようだった。

「行くぞ、渚」

俺はおぶっていた渚を背負い直す。

「…………」

渚はあれから眠ったまま、ピクリとも動かない。

あの時、間違いなくアベルの《暗号》によって他の乗客は消え、渚はこうして眠らされた。それは俺が以前受けた《喪失のコード》か、それに類するものか。

「……さっきまで、あれだけ笑ってただろ」

いずれにせよ渚の精神は、ここことは違う世界へ連れて行かれたものと思われた。——行ってくるといい、と。アベルが言い残していたように。

「必ず、助けるからな」

嘘のように静かな駅の構内を歩き、改札を出る。

予想通り、街にも人はいなかった。

月明かりの下、どうせ車も通らない車道を、渚を背負って堂々と歩く。行く当ては一つだけある。それはこの旅の途中、飛行機の中で渚が言っていたことだった。

『そういえば、ブルーノさんの家も近くにあるんだって』

昔、どうしても俺たちが《情報屋》の力を借りる必要があった時、渚がその居場所を探った際に知り得たことらしい。

『もし余裕があったらアベルと戦う前に会っておきたいな、なんて』

渚は、はにかみつつもそう言ってブルーノを密かに頼りにしていた。

無論、世界中にたくさんの隠れ家を持っているという《情報屋》が、必ずしも今この地にいるとは限らない。それに、よほどの事情がなければ己の知識を分け与えないという彼が、俺たちに力を貸してくれるかは本来分からない。

それでも。《情報屋》はいつも世界のバランスを保つ。秤を見る。だとすれば、今まさにこの地で《大災厄》が起きようとしているなら、彼の正義の秤は俺が望む方に傾くのではないか。史上最悪の敵が世界のバランスを破壊しようとしている、今だからこそ。

「渚、もう少し太ってもいいんじゃないか」

背中で眠る渚に話しかける。

最近食べ過ぎかもとぼやいていたが十分軽い。

「それとも『重いな』とでも言った方が怒って起きてくれるか?」

それで目を覚ましてくれるなら、倍殺しにされたって構わない気分だった。


十分、二十分と夜道をフラフラ歩いていると、向こうに人影が見えた。

アベルかと最初は思った。だがすぐに女性のシルエットだと分かる。しかも見覚えのある彼女の名前を俺は呼んだ。

「風靡さん」

暗闇に浮かぶ紅色の髪の毛。《暗殺者》加瀬風靡が立っていた。

「生きてたんすね」

「勝手に殺すな」

剣呑な目つきが突き刺さり、だが直後ふっと表情が緩んだ。

なにか吹っ切れたようにも見えるその顔。ライアンとの一件以降、これまでどこに行っていたのか、なにを考えていたのか。今それを尋ねるべきではない気がした。

「この国でなにが起こってるんです？」

だから俺は代わりの質問をする。この国で、あるいは、世界中で今なにが起きているのか。これが《大災厄》なのか。

「人が消えているというのが目に見える事実。だが、お前も知る通りアベルの目的は人類を滅ぼすことではない。あくまでも新世界を作り出し、管理すること。今はその準備段階ってとこだろうな」

風靡さんはそう答えながら煙草に火をつけ、煙を吸って吐き出す。

「……準備段階。どこかに人を連れ去って、なにかを企てている？」

徹底的に世界を管理するために。この世から罪や悪を消し去るために。

「っ、まさか、人類の行動をすべて操るつもりか？」

たとえばシエスタがやられたように、人から《意志》を宿す臓器を盗み出して。

そうして人類を自身の《暗号》でコントロールし、この世界を機械的に管理する——それがアベルの目的なのか？

「風靡さんはここでなにを？」

「元々アベル討伐は《暗殺者》の使命だ。まあ、上の連中には見限られたようだがな」

……なるほど。《大災厄》が起きるこの地で敵を張っていたのか。《連邦政府》とは無関係に、単独でアベルに挑もうとしていたと。

「だが、どうやら無駄だったらしい。どんなに因縁を持っているつもりでも、戦う理由があるつもりでも、戦死するどころか戦場に立つ資格すら与えられない」

敵はアタシを見ていない、と。そう零して風靡さんは夜空を仰ぐ。摘んだ煙草の燃えた灰がコンクリートを静かに灼いた。

「だからって、腐るつもりはないんですよね？」

風靡さんが顔を俺に向けた。

「あんたはそんなタマじゃない。一人の敵に固執するだけの復讐者なんかじゃない。いつだってその先を……上だけを睨みつけている猟犬だ」

だから、アベルのことは俺たちに任せてほしい。その代わり、加瀬風靡。あんたはいつか、もっと未来に——

「——誰が誰にものを言っている」

パァン、と乾いた銃声が鳴る。

夜空に向かって風靡さんが銃口を向けていた。

「……発砲理由は？」

「むしゃくしゃしたから」

「さっさと警察官もクビになってしまえ！」

ったく、くわばらくわばら。

俺は渚を背負ったまま、風靡さんの横を通って歩いていく。

「行く当てはあるのか？」

思わず立ち止まり、振り返る。

「適当に歩いて見つかるわけがないだろ」

そう言うと風靡さんは携帯用の灰皿で煙草を潰し、それから俺のジャケットのポケットにメモ用紙をねじ込んだ。

「正直助かります、細かい場所までは分からなかったんで」

どうやら俺がどこに向かおうとしていたのかは分かっていたらしい。

「だが他人に頼ってばかりの人間に、あの人は力を貸してくれんぞ」

「分かってます。一応、渚を助けるのに必要なものがなにかは理解してるつもりなので」

アベルの《暗号》によってここではない世界に囚われている渚を救うには、その世界に干渉するための力が必要だ。そして、その鍵は恐らく――

「ならいい。代わろう」

風靡さんは最後まで聞かずとも、俺の代わりに渚を背負ってくれる。

「抱き心地が良さそうな身体してるな、こいつ」

「おっさんみたいな感想を言うな」

この人に任せるのちょっと怖くなってきたな……。

「乗ってけ」

と、さらに風靡さんは俺に鍵を放り投げた。近くにはバイクが停めてある。俺は礼を言って渚を任せ、一人その単車に跨った。

「なんで、ここまで手を貸してくれるんです？」

訊くと風靡さんは、背負った渚の顔を一瞬見て答えた。

「こいつに、この前の借りを返すだけだ」

◆選択されたセカイ

ブルーノが住むという屋敷までは十五分ほどで辿り着いた。

呼び鈴に反応はなく、だがぐっと力を入れると大きな門は開いた。広大な庭を徒歩で進み、玄関の前に立つ。軽く息を吸って吐き、扉を開ける。

屋敷は、しんと静まり返っていた。

赤い絨毯(じゅうたん)の先に聳(そび)え立つ階段。本当ならメイドや執事が迎え入れてくれるのだろうか。

今はまるで人の気配はない。それでも等間隔に設置されたランタンの灯(あか)りが屋敷をほのかに照らす。鍵が掛かっていなかったことも併せて、来客があることは分かっていたかのようだった。俺は一人、屋内の探索に乗り出た。

不思議な屋敷だった。

まずやたらと階段が多い。今、自分がどの階にいるかすぐ分からなくなる。また建物は吹き抜けの高い天井で、キャットウォークのような通路も張り巡らされている。なんというか、フロアごとの境界線がないのだ。

だが住む人間のことを考えていないわけではない。階段だけではなく長いスロープやエレベーターも設置されており、どこへ行くにも無理は生じない。足元を見れば点字のブロックが貼られ、壁にはスピーカーと思(おぼ)しき装置が付いている。今は誰もいないこの屋敷の普段の光景が少し見えた気がした。

そして屋敷には、数えきれないほどの部屋があった。それらの多くは、誰かがここで暮らすための部屋に見えた。恐らくは屋敷で働いているメイドや執事や料理人の部屋。彼らは皆、性別も年齢も国籍もバラバラらしい。それは部屋の調度品からすぐに分かる。

小さな地球がここにはあった。

きっと長い旅でいくつもの国境線を越えて、その境界線には色も形もなかったことを振り返り——以来その意味を問い続けているのであろう、一人の老夫が作った小さな地球こそがこの屋敷だった。

探索を続けていると、俺はいつの間にか地下にいた。そうして辿り着いたのは巨大な書庫。いや、書庫というよりは図書館というべきか。

世界の本がすべて置いてあるのかと錯覚させられるような。まるで《情報屋》ブルーノ・ベルモンドの頭脳が具現化されたかのような、そんな場所だった。

最低限の灯りしかない暗い館内。俺はなんとなく近くの棚にあった分厚い本を手に取り、スマートフォンで照らした。

「図録、か？」

どのページにも、象形文字に近い古びた簡素な絵が画像として収められている。

たとえばこれ。異形の怪物のような存在と、槍などの武器を握ってそれを取り囲む十二人の人物。どこかで見たような景色に思えた。

「《世界の敵》と《調律者》だよ」

暗がりに人影が浮かび上がった。

右手に杖(つえ)、白い髭(ひげ)を顎に蓄えたこの館の主——ブルーノ・ベルモンド。

「さすがは《特異点》と言ったところか。面白い本を手に取ったものだ」

そう言いながらブルーノは、俺がここに来ることが分かっていたかのように自然に隣に立つ。そして俺の開いていたページを見て目を細めた。

「この通り。有史以来、《調律者》は世界を守る盾だった」

異形の怪物に立ち向かう十二人の英雄。その歴史は数千年に及ぶと言う。

「今とは違う役職もあったんだろうな」

「ああ、時代によってね。たとえば《魔導師》、《大賢者》、そして《聖騎士》。どれも私が《情報屋》になる前にあったという偉大な役職だ」

ブルーノの語りを聞きながら俺はページを捲(めく)る。次に描かれていたのは逆三角形の図形のような絵と、その下に多くの人が跪(ひざまず)いている姿だった。

「これは、《システム》か？」

俺が以前シャルと共に見た、そして破壊を試みたあの逆三角錐(さんかくすい)のモニュメント。ここにこうして描かれているということは、《虚空暦録(アカシックレコード)》もまた少なくとも数千年の歴史があるということか。

「アカシックレコードは古来、人類にとって神体のような存在だった」

ブルーノはまるで見てきたかのように《世界の秘密》を語る。やはり《情報屋》はすべてを知っていたのか。

「昔から人類はアカシックレコードになにかを委ねていたということか？」

「どちらかというと、占いのような役割を果たしていたのだろう。人類の生活には昔から占いがそばにあった。現代日本でも馴染み深い文化ではなかったかな？」

「まあな。なぜか朝の情報番組で占いコーナーを見た時に限って最下位ばかりの俺は信じちゃいないが」

くっくっ、とブルーノの笑い声が漏れる。

「占いとは本来スピリチュアルなものではないのだ。人類に限らず生物は同じ場所に住み続けることにリスクがある。自然災害や食糧の問題がある限り、いつかは住処を離れなければならない。しかし、なにも基準がなければ我々はどこへ移動し、どこで暮らせばいいか分からない。簡単に迷ってしまう」

「そういう時こそ占いの出番ってわけか。人類は占いという目に見えない教えに委ねた、と。自分たちの未来を」

自然と俺の視線は逆三角錐のモニュメントの絵へと向く。

「人類の生存本能を守る合理的なシステム――」

――それがアカシックレコード。

だとすれば、それを破壊しようとする企みは神にも逆らう行為なのかもしれなかった。

「ついでだ。次のページも見てみよう」

ブルーノに促され、俺はさらにページを捲る。そこにはさっき見た異形の怪物がさらに禍々しい姿になり、逆三角形のモニュメントにしがみついている様が描かれていた。

「まさかこれは……アベルか？」

アカシックレコードを支配しようとするその姿はまさにアベルの姿に重なる。こんな遥か昔からあの災厄は予言されていたというのか。

「いいや、この怪物はアベルでもなければ、悪に堕ちた《調律者》でもない。——これは《特異点》だ」

ブルーノは、やや間を置いて続けた。

「本来《特異点》とはこの世界の存亡を脅かしかねない大いなる危機。数百年に一度生まれるとされるその危険因子は無自覚に世界を作り変え、その代償を顧みることはない。神のごとき傲慢な存在、それこそが《特異点》」

しん、と館内に沈黙が降りた。

「なるほど、な」

思わず乾いた笑みが出る。

ずっと俺が《巻き込まれ体質》などと自称してきた厄介なあの性質は、元を辿ると数千年前から災厄扱いされてきた祟りのようなものだったらしい。

その証拠に、異形の怪物《特異点》を前にずらりと《調律者》が武器を構えて並んでいる。比類なき災厄を鎮めるために。

「そりゃ政府のあいつらも躍起になって俺を排除しようとするわけだ」

たとえあの《怪盗》アベル・A・シェーンベルクと手を組んだとしても。

「もう一度、よく見てみなさい」

するとブルーノが優しく俺を叱る。

一人だけ、向いている方向が違った。他の《調律者》全員が《特異点》に武器を向けている中、その一人だけは武器を握らず、むしろ《特異点》を庇うように腕を広げていた。

「《名探偵》だ」

ブルーノは少し呆れたような、でもどこか微笑ましく思っているような声音で言う。

「無論、正確な役職名は時代によって変わっている。たとえば《探究者》、たとえば《冒険家》。いつだって真実を追求する使命を背負った彼らは、《特異点》を殺すのではなく守るやり方で災厄を収めてきた」

見るといい、とブルーノはパラパラと重い本を捲る。

それは過去の、負の歴史だった。

今で言う《名探偵》が歴代の《特異点》を守ろうと懸命に戦い——他の《調律者》に殺される、あるいは《特異点》自身が死ぬ、そんな負の遺産。

「それでも、いつの時代の《名探偵》も諦めなかった。《特異点》は災厄をもたらすだけの存在ではないと、彼らだけは信じていた」

「……どの時代の《特異点》も守られてきたのか、《名探偵》に。それに準ずる役職の正義の味方に」

最後のページ。そこに描かれているのは、遂(つい)に武器を置いた《調律者》たちと、その前にいる二人の人物。尻餅をついた一人に、もう一人がそっと左手を差し出していた。

「さあ、本題だ」

俺の目的も察しているのだろう。ブルーノは、さらに奥の部屋へと俺を案内した。

そこにもぎっしりと本棚が並んでいるが、中央には一台の机が置かれている。そしてその上には二冊の本が隣同士で平置きされていた。

「私はかつて選んだ。全知になるか、それと引き換えに一度きりの奇跡を叶(かな)えるか」

「……その二択が、この二冊の本に対応していると？」

ブルーノは無言で肯定を示す。世界のすべてを知るか、たった一度のご都合主義を許されるか。だが、そもそもそんな選択権を人に与えられる存在があるとすれば。

「この本も《虚空暦録(アカシックレコード)》なのか」

あるいは、その一部というべきか。あくまでも本体はあの管制塔に浮いている逆三角錐(さんかくすい)の《システム》に埋まっているはずだ。

しかし、だとすると、なぜブルーノにだけそんな強い選択権が与えられたのか。

この世界をプログラムのように管理しているという《システム》。……だが、もしかするとそれを駆使する人間の存在も必要だったのだろうか。たとえばアベルがそれに名乗り出ようとしていたように。

「ブルーノ、あんたは選ばれたんだな。アカシックレコードに」

唯一の管理者とまではいかずとも、この世界を正しく導く人類側の協力者として。

「いいや、自ら勝ち取ったのだ。この《意志》で」

するとブルーノは珍しく得意げな顔をして二冊の本を見つめる。全知か、奇跡か。《情報屋》である彼がどちらを選んだのかは言うまでもないことだった。

「さあ、君はどうする？」

「まさか。俺も全知になれると？」

「いや、君はまったく違う二つの選択肢を与えられる」

ブルーノは本をそれぞれ左から右に指差しながら言う。

「隣人を救う力を得るか、それ以外のすべてを救う力を得るかだ」

ああ、そういうことか。

「結局そこに戻ってくるんだな」

今の二択を言い換えるなら、こうだ。

少女を救うか、世界を救うか。

いつだったか、白き鬼に言われた。探偵と世界を天秤にかけた時、俺が後者を選べる可能性はゼロだと。俺もそう思った。だから《特異点》としても失格だと。

そして、今だ。今また俺はその問いの前に立っている。少女か世界か。もう避けては通れない。今その答えが必要だった。俺は躊躇うことなく言い切った。

「俺は、『世界を救う少女』を救う」

まずは少女を――探偵を救い、その探偵と共に仲間を、そして世界を救う。

それが俺の答えだった。

「本当にいいのか？」

世界の知が、最後の審判を前に尋ねた。

「試しに、少し覗いてみるといい」

まだ本に手は触れていない。

だがその漏れた光に、映像のようなものが走った。

一人のアイドルが大きなドームで歌を歌っている。その最前席には彼女の両親と思われる二人が、笑顔で娘を応援していた。

一人のブロンド髪の少女を含む四人家族が、ピクニックを楽しんでいる。母親は、娘の作ったサンドウィッチを美味しそうに食べていた。

一人の青髪の少女が、部屋で誰かとゲームを楽しんでいる。だが「ゲームはほどほどにしなさい」と扉の向こうから娘を優しく叱る声も聞こえてきた。

「アカシックレコードが君の意志を叶え、君の隣人を、ひいては仲間たちを救ったとしよう。するとどうなる？　彼女たちは今見ている幸福な夢から目覚めるだろう。世界の敵も現れぬ、どんな危機も悪も存在しない、理想の白昼夢は破られる」

——そうか。斎川もシャルもミアも。日本に残った彼女たちは全員、アベルの《暗号》に囚われてしまったのか。

「すまない」

そして彼女たちは今、理想を夢見ている。アベルの作ろうとしている新世界の夢を。もしかすると、消えたこの国の人たちもそうなのか。

「君は今から彼女たちの夢を壊す」

身体が震えた。俺が壊す。

彼女たちの、ひいては世界中の人たちの、優しい理想を俺は今から——

「――それでいい」

恨まれてもいい。石を投げられても槍を向けられても。俺はもう知っている。《特異点》が世界にとっての災厄であることなんて、何千年も前から決まっている。

「たとえ後に俺が《大災厄》と呼ばれようとも」

俺は左側の本に手を触れる。

次の瞬間、激しく刺すような光が溢れ出した。

「これでいいんだよな?」

気付けばブルーノはもうそこにいなかった。

ただ一言「Corretto」と、そう聞こえた気がした。

◇受け継がれる《イシ》

アベルに閉じ込められた暗闇を歩き続けているあたしは、あれから沢山の扉を開けた。

最初その扉の向こうにはまた、あたしを罪悪感で苦しめるための世界が広がっているんだろうと思っていた。それこそがアベルの狙いなんだろうって。

でも、あたしの実体験は最初だけだった。その後は世界中に蔓延る多くの悪や罪と、それに苦しみ続ける人を見た。

二番目の扉の先にいたのは、とある中学生の少女だった。些細なことで同級生からいじめられるようになり、苦しむ日々が一年続いた。そんなある日、クラスに転入生がやってくる――知的能力に障害を持つ少年だった。するといじめの標的は瞬く間にその転入生の子へと移った。少女は安心した。これでもう自分はいじめられないと。安心と同時にそのいじめに今度は自分も加担した。より自分を安全圏に置くために。

またある扉の向こうでは、移民の青年の悲劇を見た。彼は法律の知識がないばかりに、わずかなお金のために違法薬物の密輸の罪を被ることになった。薬物の密輸は国によっては重大犯罪。結果彼は、証拠不十分ながら極刑の判決を受けた。後に陪審員らの偏ったレイシズムがメディアによって指摘されたというが、もうそれが明らかになったところで取り返しはつかない。

複数の扉を潜って見えた世界もあった。それはある二カ国による長く続く戦争。どちらの為政者の言い分にも正義があるように感じた。でもその後の過程はどう考えても間違っていた。兵士がチェスの駒のように使い捨てられていいはずがない。だけど、そうなる前の為政者の思考に一瞬でも正義を感じた時点であたしも悪だった。あるいは誰がその立場に立ってもそうなるのだろうか。

そうして扉を開け続け、絶え間ない悪意とそれに苦しむ人を見るたびに、あたしの身体には切り傷が刻まれた。

幻覚とは思えないほどの痛み。最初はあたしの心の傷が具現化したのだと思った。でも気付いた。違う。

——これは罰だ。

普段は意識してこなかった、世界に溢(あふ)れ返った悪意。あたしはずっと見て見ぬふりをしてきた。あたしだけじゃなく、人は人の罪をあまりに見過ごしすぎた。あたしは今その罰を受けているのだ。この傷は、人が悪である証明だった。

「痛い、痛い、痛い、痛い、痛い……！」

この叫びは誰にも届かない。

もはや暗闇のゆりかごもあたしを優しく包んでくれることはない。己の罪に向き合いながら、あたしは足を引きずって歩く。言霊(ことだま)は絶対だった。

痛い、痛い、痛い、痛い、痛い。

これがあたし一人の責任で、あたしだけへの罰なら耐えられる。

でもこれはみんなの痛みだ。誰もが罪を犯していて、誰もが罰を受けなければならない。その真実に対する痛み。だからこんなにも苦しかった。

「ごめんなさい」

誰への謝罪だろう。

でも叶(かな)うのならば、こんな痛みも苦しみもない世界へ行きたい。もしもそんな理想の世界があるのなら。悪の存在しない新しい世界があるのなら、早くそこへ——

「——違う」

違う。間違っている。間違っていると確信したから、あたしたちはあの日戦った。君彦やシャルは、理想の新世界を目指すと謳うプログラムを破壊しようとした。

だからあたしたちは痛みを負う。理想を求めて、これからも苦しみ続ける。暗闇のゆりかごを置き去りに、目も眩むような傷だらけの光へ歩いていく。

「だってあたしは探偵だから」

傷だらけの手で、また新しい扉を開けた。

「ここは……」

気付けばあたしは、海が見える崖のような場所にいた。きっとまたここであたしは人の悪意を……誰かの罪を見るのだろう。

しばらく歩いていると、よれたスーツを着た男性の後ろ姿が見えた。彼の目の前は断崖絶壁。まさかと思う。でも、そうだ。自殺もまた人の罪だった。

「絶対ダメ！」

あたしは叫んだ。

聞こえないことは分かっている。それでもなにもせずにはいられない。

これ以上、目の前で人が苦しむだけの光景を見続けるのは耐えられなかった。だから手を伸ばし、必死に走って、その分足が絡まって――転んだ。

「……ぐぅ」

それはもう、派手に。我ながら情けない声が漏れた。

扉の中の世界では、あの身体の傷は見えない。けれど代わりにスカートの中は丸見えで、誰にも認識されないとしてもさすがに恥ずかしい。あたしは慌てて身体を起こそうと――

「おう、お嬢ちゃん。大丈夫か？」

――声をかけられた。思考がフリーズする。あたしのことが見えてる？

それは初めてのことで、驚きも大きいけど本来なら嬉しいこと。でも今のあたしの状況は最悪で。そして恐らく声の感じからすると、そこにいるのは壮年の男性で……。

「だ、だ、だだだ大丈夫です！」

しどろもどろになりながら起き上がり、あたしは思いっきり距離を取る。恥ずかしい、恥ずかしすぎる……。

たっぷり十メートル以上距離を取ってから改めて振り返る。そこにいたのはやはり三十代から四十代に見える男性で、シルクハットを目深に被っていて顔はよく見えなかった。

「はは！　驚かせて悪かったなあ」

愉快そうに笑う彼。

敵意も悪意も見られない。ましてや自殺を考えているようには見えなかった。

「なぜあなたはこの場所に？」

思わずあたしは訊いた。

ここにいるのは皆、なにかしらの罪を犯したり、逆にその被害を受けたりした人たちばかり。だから彼もまた、この世界にいる理由があるはずだった。

「どうだろうなあ」

男性は取り出した煙草に火をつけながら答える。

「大切な子どもらを置いて先に逝くことが悪だとするなら、おれも罪人かもしれんな」

白い煙が、青空に高く高く立ち昇る。

しばらく、あたしはなにも言えなかった。

「ところでお嬢ちゃんの方こそ、ここでなにをやってるんだ？」

煙草を吸い終えた彼は、逆にあたしにそう尋ねた。

「ああ、いや、皆まで言うな。分かっている。巻き込まれたんだろう？　だがその中でお嬢ちゃんは必死に耐えて頑張っている」

なんでそこまで分かるんだろう。まさかアベルの関係者――には見えない。

「話してみるといい。大丈夫だ、この世界は誰にも覗かせない」

鍵をかけておこう、と彼は言う。

いつだったか、誰かも同じようなことを言っていた気がする。

「あたしは無力なんです」

気付けばあたしは喋り出していた。

「あたしは、みんなの傷を受け止めることしかできないんです」

なんだか、この人には不思議な魅力があった。つい、自分の本音を曝け出したくなるような。彼になら語ってもいいと自然に思わされる、そんな安心感が。

「なにを言う。それで十分だろう」

すると彼は、本当に今のあたしの状況すべてを把握しているかのように語る。

「人の悪意を受け止めるのは大変なことだ。ましてやその自分すらも、本質は悪であると認めなければならない。こんなに苦しく傷つくことはないはずだ」

「……はい。でも傷ついたからって、それでなにかが許されることはない。頑張ったからって、耐えたからって、それで解決した気になっちゃいけないでしょ？」

「随分と自分に厳しいな。だが、痛みを知ることが最初の一歩でもある。お嬢ちゃんは誰より早くその右足を踏み出した」

……それは、そうかもしれない。あたしもそう信じて頑張ってきた。でも。

「これ以上はもう耐え切れないかもって、たまに弱気になっちゃうんです」

「そうか、だったら誰かの手を取れ」

一瞬、どういうことか理解に時間が掛かった。

共に傷を負ってくれる人間を探せ、という意味だった。

「そんなひどいこと、あたしには……！」

「思ったより地球は広いもんだ。案外一人ぐらい、お嬢ちゃんの酔興に巻き込まれたがる大馬鹿者はいるかもしれないぞ」

そう言われて一人の青年の顔が浮かんだ。こんな時にいつだって思い浮かべてしまう、優しいため息の似合うその横顔が。

「けど、あたしがその人の手を取っていいのかな」

彼の隣を歩くのに相応しい人間を、あたしは一人知っている。

かつて同じ立場で、同じ使命を背負っていて、その運命が遥か昔に決まっていた女の子。

あたしが彼を独占する権利なんてないように思えた。

「ほう、恋敵でもいるのか」

「ち、違……！」

思わず否定するも、男性は帽子の下で笑っているように見える。

「お嬢ちゃん、損な性格ってよく言われるだろ？」

「肝心なところで大事なものを譲って後悔しそうとは、友人にはよく……」

あたしが思わず白状すると、やっぱり彼はおかしそうにお腹を抱える。

「なるほど、現職がこんなに面白い子だとは」

「現職？」

訊くと彼は微笑を湛えたまま首を横に振る。

「いずれにせよ、だ。誰かと比較する前にお嬢ちゃんはお嬢ちゃんにしかできないことを考えるといい。まずは今、自分が果たすべき仕事を見極めること。すべてはそれからだ」

やがて笑いを収めた男性はそう言って続ける。

「なぜこんな世界をたらい回しにさせられているのか。お嬢ちゃんをこんな目に遭わせている敵はなにを思っているのか、本当は何者なのか。考えるんだ。考えることをやめなかった者にしか、真実は見えてこない」

それを探求することこそ古来おれたちの使命だ、と彼は言った。


「ねえ、まさか、あなたの名前は」

言葉が出かかって飲み込んだ。

やっぱり、いい。教えてもらわなくていい。

ここであたしが教えてもらうべきことじゃない。大事なのはただ、今あたしが彼と出会って、会話を交わしたこと。《イシ》を繋いだこと。それだけで十分だった。

「あとついでに言うと、男は多少わがままな女の方が好きだぞ」

「……もうその話はいいです！」

はあ、せっかくいい雰囲気で話が締まりそうだったのに。

そう苦笑していると、背後に扉が現れた。

またあたしは次の痛みを刻みに、誰かの罪の記憶を覗きに向かう。

「それでいいんだ」

それがあたしの使命。《名探偵》夏凪渚の仕事。

罪を見知って、刻んだ罰を物証に、真実を探しに行く。アベル・A・シェーンベルクが何者か、それを突き止める終わりなき旅へ。

「最後に訊いていい？」

そっと立ち去ろうとしていた彼の背中に向けて、あたしは尋ねた。

「なぜあなたは、あたしに親切にしてくれたの？」

聞こえてきたのはほとんど予想通りの答えだった。

「はは！　子供を守るのは大人の役割だからな」

◆原罪のはじまり

ブルーノの邸宅を出た俺はそれから、バイクでミゾエフ連邦大使館へ向かった。

誰かに直接呼ばれたわけではない。強いて言うなら《特異点》としての嗅覚が俺をそこへ向かわせた。敵はそこにいるとなぜか分かり切っていた。

大使館の前には警備員も誰もいなかった。

俺は一人、中に入り館内を歩き回る。やがてどこかの大統領が仕事でもしていそうな広い執務室に、アベル・A・シェーンベルクはいた。

「何度目だろうね、君とこうして対峙するのは」

奥の机で目もこちらに向けず、アベルは羊皮紙になにかを書き連ねている。俺が来ることも分かっていたのだろう。あるいは俺をここへ呼び寄せたのは奴の《暗号》だったのかもしれない。

「初めてお前と会った時も、こんなシチュエーションだったな」

一年以上前。当時《革命家》にして政治家でもあったフリッツ・スチュワートに成り代わっていた奴を、俺とシエスタは捕まえることができなかった。

あの時、シエスタは敵を前に宣誓していた。もうすぐ自分の代わりに新しい《名探偵》が就任するからと。激情を抱くその少女は、人の心を利用する敵には決して負けないと。

けれど今、この場にその《名探偵》はいない。

「アベル、渚をどこに閉じ込めた？」

アベルは答えない。ブルーノの屋敷の書庫で見た、斎川やシャルやミアが囚われていた幸福な夢。そこに渚の姿はなかった。恐らく《名探偵》だけは《特異点》からより明確に切り離されているのだろう。

「質問を変える。この国の人たちをどこにやった？」

ようやくアベルは俺の顔を一瞥した。

「消えた人類なら一時的にいなくなっているように見えるだけだよ。すべての準備が整えば、きちんと元に戻すと誓おう」

それは風靡さんと共に予測していた通りの答えだった。

「ヒトが生来持っている性悪の遺伝子を書き換える準備だ。これまでの膨大な犯罪計画によって、僕はそれに必要な《暗号》を生み出した。後はアカシックレコードの力を借りて、それを全人類に適用する」

これでこの世界から悪は消滅する、とアベルは言う。

「間もなくここには新世界が誕生する。悪意を抱える者は存在しない、罪をなす者も当然いない、どんな理想も叶う完璧な世界が」

あり得ない。思わずそう口にしたくなった。

そんなものが理想であるはずがない。人間をコンピューターのプログラムのように操って、それによって平和が訪れたとしてそれは誰も望んだ世界ではない。——だけど。

「アベル、なぜお前はそう思い至った?」

俺が訊かなければいけないのはそこだった。ホワイダニット。なぜ犯人はそのような罪を犯したのか。解明されるべきは動機だった。

「なんのことはない」

アベルは相変わらずペンを動かす手を止めない。

「僕はそういう存在として生まれた。ヒトを理想郷へ誘う、悪のプログラムとして」

それがアベルの回答。あの夜汽車で語っていた通り、自分の犯罪計画に動機などないと。自分は悪であり、それ以上でもそれ以下でもないと。

「そうか」

俺は短く相槌を打ち、答え合わせを始めた。

「お前は本当に、人類の祖先なんだな」

一瞬、アベルのペンを動かす手が止まった。

数時間前、俺はブルーノの屋敷の書庫で一冊の本に——アカシックレコードの一部に触れた。その本には、ある男の記録が刻まれていた。

男が生まれたのは遥(はる)か数千年、あるいはそれよりも前のこと。神からの寵愛(ちょうあい)を受け羊の世話をしながら生きていたその青年は、ある日、嫉妬を理由にカインという名の兄によって殺されてしまう。それは人類史上で起きた最初の殺人事件だった。

だがその瞬間、男の本当の生は始まった。生まれ変わりだ。前世の記憶を受け継いだまま、男は再びこの世に世を受けた。なぜ自分は兄に殺されたのか。そんな疑念と困惑を抱きながら男は二度目の人生を生き——また、殺された。まだ人類が洞穴で暮らしていたような時代、強欲な部族に食糧を奪われた挙句に殺されたのだ。

三度目の人生も、男はこれまでの二度と同じように記憶を保ったまま生まれ変わった。だが怠惰な指導者に馬車馬のごとく働かされ、水も飲めぬままに死んだ。四度目も、十度目も、百度目も——ヒトの憤怒と、色欲と、傲慢と、暴食によって殺された。

「それがアベル・A(アルセーヌ)・シェーンベルク、お前だ」

アベルは人類史上最初の殺人を皮切りに、ヒトのあらゆる悪行に犯されながら、記憶を保ったまま何度も生まれ変わった。

今度こそ善く生きようと、幸福な一生を送ろうと。性別も出身もバラバラな人生を歩みながら何十回も、何百回も思ったことだろう。だがその希望はいつも打ち砕かれた。いつもヒトの悪意はアベルを殺した。

そのうちアベルは悟った。自分という存在は、もはやヒトではない。そのヒトに付随する「悪」という概念を世界に知らしめるためのプログラムなのだろう。神は自分を「悪」として定義したのだろうと。

「だからアベル、お前はそんな神に――アカシックレコードに叛逆するために、この世界から『悪』を取り除いた理想郷を作ろうとしているんだろ？」

時計の針の音しかしない部屋、俺はそう仮説を叩（たた）きつけた。

「よもや、そこまで記録されているとは」

しばらくの静寂を挟んで、アベルが口を開いた。

「僕は作るよ。どんな犠牲を払っても。正しい人間しかいない正しいロジックしかない、理不尽の存在しない新世界（ユートピア）を」

それは俺の仮説が実証された瞬間だった。

「そうか。だったら俺たちは何度でもその前に立ちはだかろう」

俺は腰から引き抜いた銃を構えた。そう簡単に当たる敵じゃないことは分かっているが、もしここに《名探偵》がいたなら、きっとこう動くはずだった。

「君は僕を殺せない。が、僕もまた君を殺せない」

だが思いがけずアベルは銃口を気にしない。また《暗号（コード）》を仕掛けてくる素振りも見せず、最初のように羊皮紙にペンを走らせ始める。

「言った通り、僕には人類の悪性遺伝子を新たに書き換える使命がある。それと並行して《特異点》を殺害するコードを生成するのは困難だ」

「……確か、世界の中枢に近い人物や事象ほど、プログラムの操作は難しいんだったか」

だからこそ、いくらアベルとはいえこれまで俺や渚を直接亡きものにすることはできなかった。夢の世界に閉じ込めるのが限界だったわけだ。――しかし。

「アベル、お前はさっきからなにを書いている？」

ずっと気になっていた。この部屋に入ってからと言うもの、俺にほとんど視線もくれずなにをやっているのか。人類の悪性遺伝子を書き換える《暗号》か？　それはもう完成しているはずではなかったか？

思考をフラットにする。もし、ある犯罪を成し遂げようとしている人間がいたとして、その計画が上手くいかないと分かった時、そいつはどういう行動を取る？　――間違いなく人質を取るだろう。銀行強盗もハイジャックも身代金目的の誘拐も。これまで何度も巻き込まれ、そのケースをこの目で見てきた。

「まさか」

ぞわりと鳥肌が立った。今、俺たちが置かれている状況はまさにそれだ。

「《特異点》、僕の命令を聞いてくれないか？」

ペンを置いたアベルが俺を見た。

「君たちの国にいる君たちの大事な人を守るために、僕に屈してほしい」

「……断ると言ったら？」

「世界各国の大統領にとある兵器のボタンを押させるコードを発動する」

アベルが書き記していた《暗号（コード）》の正体はそれだった。とある兵器がなにを指すか、言うまでもない。もし俺が自ら敗北することを選ばなかったら、その時、世界は——

「——っ」

アベルに向けていた銃を思わず見る。この銃口を真に向けるべき先はどこか。

別に構わないかとも思った。

メサイアコンプレックスというわけではなく、純然たる事実として俺が死ぬことで世界が救われるというのなら、まあ、それでいい。悪くはない。

最近ようやく人間関係が上向いてきたところでその点残念ではあるが、さすがに八十億と一人の命の重みは比べるまでもない。——でも。

「ここで俺が死んだら、救えない命がいくつかある」

「そうか。残念だが、交渉は決裂だ」

向けられた銃口を無視してアベルは、机の電話に手を伸ばした。

「なあ、俺は今、アベルと交渉をしているんだ」

その言葉に、受話器に伸びかけていた手が止まった。

「だから邪魔をするな、カイン」

◆その左手が掴(つか)んだものは

ずっと変だとは思っていた。

罪のない新世界を作ると宣言しておきながら、自らは数え切れないほどの犯罪計画を実行しているアベル・A(アルセーヌ)・シェーンベルク。そこには大きな矛盾がある。

なぜアベルは人の罪を憎んでおきながら自らは罪を犯すのか。

たとえばアベルが、どうせ人はみな悪なのだから犠牲になったところでどうでもいいと、多少の犠牲は必要であると、そう考えているのであれば矛盾はある程度解消されるだろうかとも思った。つまりは必要悪という考え方だ。

だがどうしても、アベルの抱える哲学と実際の行動にある隔たりは、そう簡単に説明がつくものではない気がした。たとえばアベルという人格の正反対——彼を殺した人類史上最初の殺人加害者カインのような、もう一人の邪悪な存在を仮定しない限り。

「当然、カインは仮の呼び方だけどな」

だが、奴(やつ)の中にきっともう一人の人格がいる。純粋な犯罪被害者であり悪なき新世界を追い求めるアベル、そしてその反対に加害者として人類の悪意を象徴するカイン。二人の人間の考え方が同居しているからこそ、こんな常人では到底理解できない計画が実行されていたのではないか。

「俺の身内にも似たケースがあってな」

赤い目を持つ黒髪の少女を思い出しながら俺は言う。

「だから——守屋教授。これまであんたの犯罪計画を実行してきたのは、もう一つの人格だったんじゃないのか？」

アベルとカイン、どちらの名で呼ぶべきか迷った俺はあえてその懐かしい名で呼び、披露した推理の評定を待った。

「なるほど、それが君の答えか」

教授は指を組み、目を瞑る。五秒、十秒、二十秒。

次に瞼が開いたその瞬間が、事態が動く合図だった。

「であれば、落第だ」

気付くと俺は、なにもない空間から伸びた金色の鎖で腕を吊るされていた。

「……っ！」

アベルの《暗号》による攻撃。《特異点》を殺すことはできずとも、一時的に拘束することぐらいは訳もないらしい。

「二重人格という仮説自体は悪くない。が、その根拠を身内から引っ張ってきたとすればいただけない。研究には客観性、公平性を。そして新規性を」

まるでゼミの学生に指導をつけるようにアベルは話す。

「僕は君の言うカインの人格に乗っ取られてなどいない。強いて言うならば、僕こそが《原罪のコード》を操っている。それ以外の解釈はない。凶悪な別人格が犯罪を実行しているなど、そんな甘えた論理を有してはいない。何度でも神に誓おう」

目を剥いたアベルは電話の受話器を手にしていた。

「僕は己の悪の正しさを確信している」

各国の大統領へ向けた、特別な兵器のボタンを押させる《暗号》。それが今、目の前で実行されようとしていた。

「やめろ……！」

だがそのために必要な手順は一つしかない。俺が自ら、命を――

『使い魔が飼い主に黙っていなくなっていいと思ってるわけ？』

――どこかから、そんな声が聞こえた気がした。

そして次の瞬間、窓ガラスが割れた。部屋に広がる閃光。受話器に伸ばしたアベルの右手に、水色に光る弓矢が突き刺さった。

「あの水色の光は……まさか」

アベルの右手に弓矢が貫通し、テーブルに刺さって固定される。

「どのようにして、これほどの《意志》を」

苦悶とまではいかない。

だが、その現象への不可思議さは拭えぬかのようにアベルは顔を顰めた。

「アベル、お前には分からないだろうな」

この弓矢を放った少女が、これまで何度理不尽に襲われ、その度に空を見上げて強くなったか。たとえ二度とその足で走れぬとしても、彼女は正義の盾であり続ける。

「形勢逆転だ」

アベルの意識が一瞬逸れたことで、俺を拘束していた黄金色の鎖は外れていた。

俺は再び銃を構える。恐らく俺もアベルを殺すことはできない。だが、奴と同じように拘束ぐらいならば——

「本当にそうだろうか？」

アベルは顔色を変えず、続ける。

「確かに君たちの《意志》には驚いた。昔、観測した時よりも遥かに力をつけている。が、それでも本来、僕の《暗号》に対抗できるレベルにはない。今拮抗しているように見えるのは、僕が別の場所に力を割いているからだ」

別の場所に力を割いている？　人類の悪性遺伝子を《暗号》で書き換えていることか？

いや、それならわざわざ再度、言及する必要はないだろう。

「ただ僕がずっと《特異点》に対し、手をこまねいていると思ったか？　《特異点》だけは殺せぬからと既存の兵器に頼ろうとしたと思ったか？　――もう《特異点》の解析は済んでいる」

刹那、アベルの右腕が根本から切断された。刺さっていた弓矢から解放され、アベルは一瞬で俺の目の前まで距離を詰める。

「右腕は捨てるつもりだったが、ちょうどいい予備があった」

アベルの右肩から別人の腕が生えてくる。それが誰の腕か、俺には分かった。以前の戦いで盗まれていた《執行人》大神（おおかみ）の右腕だった。

俺を見て、アベルは笑った。

「僕は《怪盗》だ。真に欲しいものはこの手で盗み出す」

逃げる間もなく。アベルの右腕が俺の腹部を貫いていた。

「――――っ」

そうだ、殺せないならば、盗めばいい。

アカシックレコードを解析する鍵を。《特異点》の力、そのものを。

不思議と痛みはない。血も出ない。だが俺の身体から、なにかが引き摺り出される感覚があった。間違いなく俺は盗まれた——世界を変える力を。

「なぜ、笑っている？」

初めて見た、アベルが驚いた表情だった。

でも、そんなに驚くことでもないだろ？

「考えてもみろ。朝の占い万年最下位の能力なんてこっちから願い下げだ」

実生活で一度も役に立ったことのないこんな力、お前にくれてやる。いくらでも盗ませてやる。——だから、その代わりに。

「シエスタの《意志》を返してもらう」

意識が朦朧とし始める中、俺もまた左腕をアベルの胸部に突き刺した。アベルがわずかに苦悶の表情を浮かべる。

「……君塚君彦。まさか、最初から」

そう。《特異点》と《怪盗》が交わるこの瞬間のみ、果たせる使命が俺にはあった。

俺が選んだのは世界ではなく、少女。

伸ばした腕のその先に、懐かしい感覚がある気がした。

「そこに、いるんだな？」

世界を救う力と引き換えに、俺の左手はシエスタの心に触れた。

◆マジカル・ガールズ・ラスト・ウィル

車の揺れで目が覚めた。胸の前にはシートベルト。俺は助手席で眠っていたらしい。そして左隣、ハンドルを握っているのは。

「シエ、スタ？」

まだ明るさに慣れない視界に、懐かしい横顔が映った気がした。

「バカなのですか、君彦は」

が、辛辣な言葉がそれを否定する。

その口調には十分聞き覚えがあった。シエスタと瓜二つの少女――ノーチェスがいつものメイド服を着て、運転席でハンドルを握っていた。

「無事、だったんだな」

日本にいた斎川やシャルやミアが《暗号》に囚われていた以上、もしかするとノーチェスも、と思っていたが。しかも、まさかフランスまで来てくれるとは。

「人間ではない私には《意志》がない。アベルの《暗号》に操られることはありませんよ」

ノーチェスは自嘲するわけでもなく、むしろどこか誇らしそうにそう言った。

彼女は《発明家》スティーブンによって作られた、いわば機械人形。人が誰しも持っているという《意志》を宿した臓器も恐らく持たない。目に見えぬ臓器など、さすがのスティーブンでも作れなかった。

「ようやく、役に立てました」

それでも。どんな人間より柔らかく微笑(ほほえ)んでいるように見えるその表情。誰がどう言おうと、ノーチェス自身が否定しようと、俺だけは彼女の心を信じたかった。

「ノーチェス、今の状況は？」

アベルとやりやった後、俺はどれくらいの時間寝ていたのか。

スマートフォンを見ると、あれから二時間は経(た)っているらしい。そして窓の向こう、周囲に車は一切走っていない。相変わらず人の消えた街――状況は最悪のままか。

「今、アベルは少し離れた場所で新世界を作る最後の準備を始めたようです。それを他の《調律者》たちが必死に食い止めている……ひと足先にそこへ向かっている《暗殺者》からの情報です」

なるほど、じゃあこの車も今そこを目指しているわけか。

「ん、じゃあ渚(なぎさ)は？　風靡(ふうび)さんに任せてたんだが……」

「全然気付かないわね、さっきから」

ふと後部座席から声がした。だがそれは渚の声ではなく。

「リル……！」

振り返るとそこにいたのは現《魔法少女》にして、元俺の飼い主（パートナー）──リローデッド。そして彼女の膝の上で渚は眠っていた。

「さっきは、助かった」

「実戦は久々だったけど、腕は鈍（なま）ってなかったみたいね」

リルは得意げに微笑む。

最後に彼女が前線に立ったのは、あの《暴食》との戦いの時だ。

「でも本番はまだこれからよ。アベルを倒さない限り《大災厄》は終わらない。世界は救えない」

車中に一瞬、沈黙が訪れる。

その沈黙の意味に、ノーチェスは気付いた。

「君彦（きみひこ）、あなたの真の目的は世界を救うことではないのですね？」

バックミラーの向こうで、リルがわずかに目を見開いた。

「あなたは世界ではなく、少女を救おうとしている」

そう。それが俺の願いで、下した選択。俺は世界より先に少女を救う。

ここで眠る夏凪（なつなぎ）渚と、そして、もう一人──

「君彦」

察したように、ノーチェスが俺に携帯端末を手渡した。

耳に当ててると聞こえてきたのは。

『例のものは？』

挨拶もなければ前振りもない。いつだって本題から入るのが《発明家》スティーブン・ブルーフィールドだった。

「ああ、アベルから取り返した。どうすればいい？」

『白昼夢なら、すでにその車が向かう先に連れて来ている。詳細な場所はデータで送っておこう』

さすがは《発明家》、準備がいい。

「スティーブン、オペもあんたに任せていいんだよな？　……けど、見えない臓器なんてものをどうやってあんたに渡せばいい？」

シエスタの《意志》を宿しているという、目には見えない臓器。

だがそれを俺が預かっているというのは正直、感覚的な話でしかない。よってここから先は専門家の知識を頼るしかない。そう、思ったのだが。

『いいや、白昼夢を救うのは《特異点》、君の仕事だ』

「……いや、どうやって？　それに俺はもう《特異点》の力を……」

『彼女の《意志》は君の中に。あとはそれを君が彼女に還すだけだ』

そこで通話は切られた。

「やれ、理不尽だ」

思わずいつもの口癖が出て嘆息する。

「絶好調みたいね」

「どこがだよ。耳が悪いなら早くスティーブンに診てもらえ」

俺のツッコミにリルは愉快そうに笑う。

「どうするんだ、これ……」

アベルから奪い返したシエスタの《意志》。目には見えない、手では触れない。でも確かにここにはある。とんち話のようだが、それを元あった場所に返す方法は……。

「君彦、あなたがアベルの《喪失のコード》に囚われていた時」

ふとノーチェスが運転を続けながら話し始めた。

「五感も感情もすべてを失ったあなたを、渚は毎日世話していました。その日あったことを話して、ご飯を食べさせて、筋肉が固まらないように動かしてあげて」

……そうか。俺がシエスタにやっていたことを、渚も。

「着替えさせて、お風呂にも入れてあげて」

「ちょっと待て、さすがにそれは看護師とかの仕事じゃないか？」

「頭を撫でて、たまに一緒に布団に入って」

「さすがに捏造だよな！　渚もそこの分別はあるよな！」

ちょっと不安になってきたな……。渚、眠ってないで否定してくれ。

「でもあなたは、なかなか目覚めなくて。そのまま何週間も経って」

……ああ、随分と迷惑をかけた。渚だけじゃなく、ノーチェスたちにも。

「最後に行き着いた方法が、あなたが最も望むものを、その《意志》が探し求めるものを、たとえ少し形が変わったとしても与え直すこと」

そうだ。俺はまた、あの空に行きたかった。地上一万メートルの空の上、そこで誰かの助手として働いて、人を助けたかった。だからあの日、渚は俺と出会い直してくれた。冷たいぬるま湯から動けなくなっていた俺と、もう一度。

「ですからきっと、今回も……」

「ああ、もう大丈夫だ」

ノーチェスは一瞬目を丸くして「そうですか」と微笑んだ。

「そろそろスピードを上げても？」

「全開で頼む」

およそ一時間後、車は目的地に辿り着く。そこは城のように巨大な修道院が聳え立つ、フランス西海岸の湾に浮かぶ小島だった。

観光地の側面もあるがゆえ満潮時でも渡れる陸路が整備されており、車でも乗り付けることができる。だが今やこの地に観光客はおろか、一般人はいない。

夜空には月の代わりに銀色に輝く巨大なモニュメント《システム》が浮かんでいる。アカシックレコードを搭載した、この世界を機械的に統括する装置。そしてそのすぐそばには、身の丈を超える翼を生やした一人の人間が浮かんでいた。

「アベル」

もう、あれは人ではない。俺の《特異点》の能力を吸収した結果、完全にアカシックレコードを掌握した——神、あるいは悪魔。

今になって分かる。なぜ奴は《七大罪の魔人》なる怪物を生み出していたのか。あいつ自身がヒトの悪意——原罪の象徴だったからだ。

「《大災厄》」

車を降り、俺の隣でアベルを見上げたノーチェスが呟いた。

「自分のケツは自分で拭かないといけないよな」

あの怪物は俺が生み出した。少女か世界かの選択によって、俺は前者を選んだ。シエスタの《意志》を取り返すために、俺は《特異点》の力を巨悪に投げ渡したのだ。その責任は、この俺が取らなければならない。

「戦っているのはあなただけではありませんよ。ほら」

ノーチェスがどこかを指差す。遠くの坂道を二台のバイクが走っていた。

「《暗殺者》と《執行人》です」

人間の視力を超越したノーチェスが呟く。風靡さんと大神。二人もまたアベルには因縁がある。今はどうやらアベルの注意、あるいは攻撃を引きつけているらしい。《システム》は妖しく紫色に点滅し、二人を追うように束状の光線が降り注ぐ。

「そしてもう一人」

ノーチェスが目を細める。古城のごとき修道院の屋根の上、そこに人型のシルエットが浮かんでいる。やがて乱反射する《システム》の光線がその影を襲う。が、黒煙が晴れるとそいつは無傷のままで立っていた。

「《名優》フルフェイスのようです」

「……ああ、確か一度だけ《連邦会議》で会ったことがあったか」

だが会話を交わしたことは一度もない。俺の知らないところで、一連の物語に関わっていたことがあったのだろうか。

と、その時、暗い空に稲光が走った。ノーチェスが「伏せて！」と叫ぶ。まさか天候までプログラムで操るというのか。細い雷が蛇のようにうねって俺たちを襲った。

「また大きいてるてる坊主でも必要かしら」

なにかが雷を弾いた。思わず瞑っていた瞼の裏でも感じる眩い光。

やがて目を開けると、水色の光を纏うステッキを握ったリルが、まるで童話の世界に出てくる馬車に乗って宙に浮いていた。さっきまで座っていた車椅子が変形した？ 《発明家》スティーブンによる発明品？ ――違う、これは。

「あー、思ったよりファンシーな感じになっちゃったわね」

リルは自分の乗る馬車を見つめながら苦笑しつつ、

「けど、アニメの魔法少女ってこんなものよね？」

あの子もそうだった、と言いながらリルは飛ぶ。

「《傲慢》、《強欲》、《色欲》、《嫉妬》。《怠惰》に《憤怒》、そして《暴食》。そんなヒトのただの悪意に、私たち正義の味方の意志は負けない」

馬車に乗った魔法少女は宙を駆け、追尾してくる雷撃に溢れんばかりの光線で反撃をする。世界を救うのはやはり《特異点》なんかではなく正義の《調律者》だった。

「《システム》を使いこなせるのは敵だけではない、ということですか」

ノーチェスがリルを見上げながら言う。今や《システム》の浮かぶこの半島こそが例の管制塔。《調律者》は誰しも《意志》によって《システム》の力を借りることができる。

やがて空からの攻撃をすべて振り払い、リルを乗せた馬車が地面に降り立つ。そして魔法が解けたように馬車は消えた。俺はリルを支えようと彼女のもとへ駆け寄り――その必要がないとすぐに知る。

「懐かしいわね。地面に二本足で立つの」

リルは自分の足で大地を踏みしめていた。

二度と立てないと、歩けないと、そう世界一の名医に言われたはずの彼女が、誰の手も借りずに真っ直ぐ地面に立っている。

アカシックレコードが叶えた、この場限りの奇跡だった。

「リル……」

「なんであなたが泣きそうな顔してるのよ」

リルは俺の顔を見て苦笑し、それから上空に浮かぶ敵に再度向き直る。

「こっちはリルたちに任せて。君彦は修道院へ」

スティーブンによれば、《黒服》を使ってあの修道院に眠ったシエスタを連れて来ているらしい。俺がやるべきことは決まっている。

「ありがとう、君彦。またリルを正義の味方に戻してくれて」

「……なにを言ってる。お前はずっと魔法少女で、俺の飼い主のままだ」

リローデッドはニッと笑って走り出し、大きく跳んで、空を駆ける。

魔法でも科学の力でもなく、正義の意志で。

「ノーチェス、戻るまで渚を頼む」

「ええ、きっと無事で」

俺は一人、眠り姫を起こしに修道院へ向かった。

◆最後の会議

薄暗い修道院を探索していると、どこかから微かな話し声が聞こえてきた。

声のする方に近づいていくと、やがて食堂のような場所で、二人の人物がテーブルを挟んで向かい合っているのが見えた。

一人は仮面をつけた老齢の女性、そしてもう一人は黒いベールを被った若い女。どちらも素顔は見えない、が、それぞれ誰か俺には分かった。前者が《連邦政府》高官アイスドール、そして後者が《革命家》妖華姫だろう。

二人がなにを話しているのか気にはなるが、今はバレぬように踵を返す。個人的な事情から、特にアイスドールには会いたくなかった。

「大変なことをしてくれましたね、君塚君彦」

……一瞬でバレた。声色はいつもより二度ほど冷たい気がする。

「盗み聞きするつもりはなかったんだ」

俺は両手を軽く上げ、抵抗の意思がないことを示す。

アイスドールが怒っている理由は明確。先日わざわざ自分たち政府高官が日本へ出向き《大災厄》の収束を依頼したにもかかわらず、俺があえなく失敗したからだろう。さらに言えば、俺がアベルに《特異点》の力を盗まれたことも知っているのかもしれない。

「言い訳をするつもりはない。煮るなり刺すなり炙るなり、好きにしろ」

そう言いつつ俺はアイスドールと妖華姫のもとへ進む。二人で挟んでいるテーブルにはプレイ途中のチェス盤が置かれていた。

「このまま事が進行すれば、アベルは世界を滅ぼしかねません」

するとアイスドールは一旦俺の罪には触れず、チェス盤のキングの駒を動かす。

「アカシックレコードを掌握した以上、敵は誰かの手を介することなく世界中のありとあらゆる兵器を直接作動させることも可能でしょう。今まではここにいる《革命家》が、裏でそれを防いでくれてはいましたが」

「新世界を創るという大義名分すら忘れて世界を滅ぼすと？」

「あるいはこの小島のみを消し去るかです。新世界の樹立に邪魔な人間が集うこの島を」

……確かにこの地には今、《調律者》たちが多く集っている。アベルの立場からすれば、一挙に消し去るには都合がいい。

「さて、君塚君彦。どうしますか」

アイスドールは、無言のままの《革命家》とチェスを続けながら訊く。

「あなたが生んだ怪物を、あなたはどう片付けますか？」

要するに自分で蒔いた種は自分で回収しろ、と。それが犯した罪の責任の取り方だとアイスドールは言う。そして、恐らく俺に拒否権はない。

というのも、なぜアイスドールはここにいたのか、この動線で待ち構えていたのか——知っているのだろう、この先にシエスタがいることを。俺が彼女のもとに行こうとしていることを。だからこれは待ち伏せであり、脅しだった。

「簡単な話だ」

だったら、と。俺は単純明快な解決策を口にする。

「《虚空暦録(アカシックレコード)》を壊せばいい。前みたいに一発の銃弾だけじゃなく、今度こそ徹底的に。二度とアベルに悪用させないために」

一瞬の静寂があって、アイスドールは言った。

「君塚君彦、あなたもそのような安易な方法を」

あなたも、ということはどうやら《革命家》も事前に同じ答えに行き着いていたらしい。

「アカシックレコードがなくなれば、《調律者》も《システム》の力を借りられなくなる。今後またどんな《世界の敵》が現れるか分からない。その時にあなた方は《意志》もなく立ち向かえますか？」

アイスドールは畳み掛けるように詰問する。

「この世界の理を破壊して、その先にどんな未来が待ち受けるか分かっていますか？」

「絶対的に正しい真理なんてなくても、人はなにかを選択できるものだと思うけどな」

それこそ自分自身の《意志》とやらで。

「言葉遊びで世界は救えないことを自覚してほしいものですが」

「手厳しいな、おい」

だが実際、アイスドールの理屈も分かる。

いつかまた強大な《世界の敵》が現れた時に正義の味方は《システム》の力を借りずに戦えるのか。《特異点》の性質すら手放した俺は本来、その戦いに加わることすらできない傍観者。口を出す権利もないだろう。——けれど。

「でも、こうも思わないか？　アカシックレコードが存在することで、つまり絶対的な価値基準が存在するがゆえに、善悪は二つに分かれてしまうんじゃないか」

秤（はかり）が存在するからこそ正義と悪が生まれる。《調律者》と《世界の敵》に分けられる。俺たちはいつも見えない境界線に分断されている。だから。

「実はアカシックレコードがなくなることで、《世界の敵》も誕生しなくなるんじゃないか？」

名探偵の推理未満、万年助手による仮説だった。

「面白い」

初めて聞く《革命家》妖華姫の声だった。

「腐っても元《特異点》の言うことだ。かような未来が訪れんとも限らん。どう思う、アイスドールよ」

そうして選択権は氷の人形に託される。

口を開くまでには数十秒の時間が要された。もしかすると、他の高官たちとの見えないコンタクトが図られているのかもしれなかった。

「お行きなさい」

それは事実上、アカシックレコードの放棄を認める発言だった。

方針は決まった。だがそれは探偵を救った後での話だ。まずは、シエスタを。俺はアイスドールたちの横を通り過ぎる。

「ただ、どのようにして白昼夢を目覚めさせるつもりですか？」

背中越しにアイスドールが尋ねてきた。

「シエスタの意志が欲しているものを与える。あいつの望みは《名探偵》として生きること。その使命を思い出させるだけだ」

以前、俺がアベルの《喪失のコード》に囚われていた時、俺の探偵助手に戻りたいという意志を渚が見抜いてくれたように。語って、出会い直してくれたように。

「なるほど。しかし、そう上手くいくでしょうか」

俺は思わず立ち止まる。

「《調律者》の十二の役職。《名探偵》になれるのは一人だけ。現在、その座には夏凪渚が就いている。どうやら今は偶然、彼女も眠っているようですが——あなたは、どちらの少女を《名探偵》と認めるつもりですか？」

その問いに、息が詰まる。ズルをしている自覚は、あった。

世界と少女、どちらを選ぶか——俺は少女を選んだ。だが本当のところ、少女は二人いる。シエスタと夏凪渚——二人いる。

俺はずっと誤魔化していた。少女を救うと言い、どちらを救うとは言わなかった。あえて言うなら当然、二人ともを救うつもりだった。

「あなたはこれまでの経験から知っているでしょう？　この世界に《名探偵》を二人同時に存在させようとすれば、どうなるかを」

それは過去の苦い記憶。かつてシエスタは渚を救うために命を差し出し、それから一年以上の時を経て今度は渚がシエスタに心臓を還して眠りに就いた。

その後渚はアリシアの心臓によって目覚めるも、またシエスタが《種》の影響ですぐに眠りに就くことになり、二人の《名探偵》の共存はほとんど叶わなかった。

つまり、シエスタと夏凪渚は同じ時間、同じ場所で生存することができない。

「《名探偵》という役職は古来そういうものです」

「……自分たちが就任させておいてその言い草か？」

「我々は関係ありませんよ。最終的な判断はすべて《虚空暦録》によります」

それからアイスドールはついでとばかりに《調律者》がどのような過程で選ばれるのかを俺に語って聞かせた。だがその話は要するに《名探偵》が二人同時に存在することができないという証明でしかなく、今その話題を深掘りする意味はなかった。

「あなたは、どちらを《名探偵》として選びますか？」

アイスドールは再び問う。

俺は今度こそ選ばなければならなかった。夏凪渚とシエスタ。二人の少女のうち、どちらを《名探偵》として生かすかを。──けれど。

「お前に答える義理はない」

八つ当たりだと分かっている。でも、これまで散々《名探偵》をこき使ってきた人間たちに、そんな話はしたくなかった。

「そうですか。ではこれからあなたが下す決断に関して、我々は一切関知しないと誓いましょう。その代わりに──」

「──ああ、その後の世界は任せろ」

俺は一瞥もくれずその場を去った。

修道院の内部をさらに進み上へ登っていくと、バルコニーのついた私室を見つけた。そこには一台のベッドが置かれており、一人の少女が胸の前で手を組み眠っていた。

「シエスタ」

少女の名を呼ぶ。返事はない。

彼女をここに運んできたという医者の姿も見えなかった。

「やれ、こんな状況でよく寝てられるな」

気持ちよさそうに寝息を立てているシエスタについ苦笑を漏らす。

外では今まさに雷鳴が轟き、最悪の《世界の敵》と《調律者》たちの戦いが繰り広げられている。世界の終わりとはまさにこういう光景を指すのだろう。

「さて、どうしたもんか」

なあ、シエスタ。どうする？　この世界に《名探偵》は一人だけしかいられないらしい。

シエスタ、お前が望むものはなんだ？

本当に欲しているもの。本当に大事にしていること。お前の意志は……心は、なにを探し求めている？　俺はお前に、なにを与えられる？

「シエスタ。俺は――」

そして俺は答えを出した。

◇この心が、激情

もう何枚の扉を開けただろう。

あの崖で謎のシルクハットの男性と会話を交わし、覚悟を決めて暗闇に戻ってから。真実を探して扉を開け続け、やっぱりまたあたしは人の罪を沢山見た。

有史以来、人間が犯してきて数え切れないほどの悪行。

奪い、穢し、殺し尽くすその光景を、なんの干渉もできぬままに目撃させられる。まるで加害者と被害者、その両方の視点を追体験しているようだった。

殺す時は罪悪感で嘔吐し、殺される時は泣き叫んだ。暗闇の世界に戻るとあたしの身体には傷がついて、もう傷の入る場所がなくなると、まるで爬虫類が脱皮するように皮膚が剥がれた。そしてまた新しい肌に傷がつく。終わらない地獄にあたしはいた。

「アベル、なぜあなたはこんな世界をあたしに見せるの？」

なぜこんな地獄を知ってるの？　あたしだけじゃなく、世界中の人が犯した罪を。

「どこでこんな人の罪を見てきたの？　どこでこれほどまでの人の悪意を知ったの？」

アベル・A・シェーンベルク、あなたは、まさか。

「――っ！　待って！」

暗闇の中でアベルの……白衣を着た守屋教授の後ろ姿が見えた気がした。

あたしはその背中に手を伸ばす。なにかを掴んだ気がした。でもその掴んだはずの右手は突然、闇から吊るされた黄金色の鎖に縛られた。

そして次の瞬間、あたしを閉じ込めている暗闇のプラネタリウムに映像が映った。これまで扉の向こうで見てきたような、世界中で起きた凄惨な罪の光景が無数に流れ始め、あたしは目を瞑り、片耳を覆う。でもその光と音からは逃れられない。

「やめて！」

まるで直接脳内にその映像が流れ込むように、悲惨で醜悪な光景があたしを襲う。

誰かが誰かを殺した。流れた血を血で洗った。

有史以来どころではない。遥か昔、書物にも残らぬような歴史の片隅でも人は人と争い、悪意による罪を犯し続けていた。

「あああ、ああああ……！」

熱いのか、冷たいのか。痛いことだけは分かる。

これまで一枚ずつ扉を開けていた時とは比較にならないほどの情報量がなだれ込み、全身の傷から血が吹き出した。

「お願い、もう……もう……！」

激情の火は消えていない。この意志は死んでなんかいない。けれど、器がもう耐えられない。ガラスが砕けるように、あたしの身体は足元から崩れていく。

「お願い、お願いだから……！」

あたしは頼む。片腕を鎖に吊るされたまま、泣きながら懇願する。これ以上痛めつけないで、苦しませないで、もう楽にして――

「――違う」

全然違う。あたしの望みは一つだけ。

「あたしに《名探偵》としての役目を全うさせて！」

あたしに、この世界を助けさせて！

「うちの相棒をいじめる奴はどこのどいつだ」

闇が破られ、光が差した。

「ったく、跡が残ったらどうするんだ」

千切れた鎖。縛られていたあたしの右手首を、一人の青年が優しくさすった。身体についていた傷は段々薄くなっていく。

「立てるか、渚」

世界が変わった。暗闇は晴れ、気付けばあたしは風の吹く青い草原に立っていた。そんなあたしを、目の前の青年がそっと抱き締めた。

「よく、頑張ったな」

「……君彦っ！」

彼の胸に飛び込んだ。どうせ泣き腫らした顔だ。今さら恥ずかしさもない。今、一番会いたかった人の胸の中であたしは泣いた。

「……なんで？　どうやって、ここに来られたの？」

泣きながらあたしは尋ねた。あたし自身さえ、ここがどこだか分からないのに。

「あー、まあ、ちょっとした裏技を使ってな」

君彦はいつものように適当に、でも少しだけ優しい声音であたしに言う。

「普段あれだけ理不尽な目に遭ってるんだ。たまにはこれぐらいの奇跡を起こしたっていいだろ？」

嘘だ。きっと大きな選択をして君彦はここに来たんだ。

でも彼はそれを言わない。

誰のせいにもせず、自分の意志で選び取ったんだって、そう前を向くんだ。

「でも俺は褒められるような人間なんかじゃない」

まだあたしたちは身体を寄せたままで、君彦はあたしの耳元で後悔を口にする。

「本当の正義の味方は、女の子をこんなに泣かせない。傷つけさせない」

君彦の声も涙で滲んでいた。「悪かった」とあたしに謝り、それに対してあたしは首を横に振ろうとして「あたしたち、ダメダメだね」と泣き笑いながら答えた。

「ねえ、君彦」

「ん？」

あたしがまたぎゅっと抱き締めると、君彦もそっと腕を回してくれた。

今しかない。そんな気がして、あたしは喋り出した。

「誰とは言わないけど、もしかしたらあたしは負けちゃうかも。あんたの隣を歩くのは、やっぱり別の子になるかも」

君彦がわずかに息を呑む声が聞こえた。

「譲るとか譲らないじゃなくて、あの子じゃなきゃダメかもしれない。あたしが君彦としたかったこと、してほしかったこと、全部あの子が叶えちゃうかもしれない」

だけど君彦は黙ってあたしの独白を聞く。

これからなにを言われるか、きっともう分かっていて、それでもじっと動かないでいてくれる。あたしはその優しさに甘える。

「でも、ごめん。あたしも結構わがままだから。この初めてだけは貰っとく」

小さく息を吸って、あたしは言い切った。

「あたしは、あんたが好き。君彦（きみひこ）のことが好き」

せめて告白ぐらいはもう一人の探偵より早く、初めてを貰（もら）う。

「ずっと前から。放課後の教室で会った時から。それより昔、ロンドンで会った時から。あの時、光を貰ってから。これまでずっと、ずっと。あたしは君塚（きみづか）君彦が好き。あなたのことが大好き」

さすがに顔は見られなかった。だから代わりに彼の胸に額を押し当てて、あたしはさっきより強くその大きな身体（からだ）を抱き締める。

「答えなくていいから」

今この瞬間に、そんな選択までしなくていい。

「ただ、せめて。もしもこれまで君彦がほんの一瞬でもあたしと同じような気持ちになったことがあったって言うなら、その一瞬の分だけでも最後に抱き締めて」

言葉はいらない。口にするのが苦手だというならそれでいい。ほんの少しの態度だけでいい。あの時、気まぐれに頭を撫（な）でてくれたみたいに、少しだけ。

あたしの背に回っていた君彦の腕に力が入る。感じる体温。彼の心臓の音がさっきよりも近くで聞こえた。十分だ。今はそれだけで十分だった。

「帰ろう、君彦！」

身体を離し、笑い合ったあたしたちは扉へ向かう。

今だけでも隣に並んで扉の先へ――

◆-Again-

アイスドールらとの話し合い、及びその後にある決断を下してから修道院を出た俺は、島の端に停(と)めていたままの車に戻っていた。車の中には二人。助手席に座る俺と、後部座席で眠っている一人の少女。

「ん、あれ……あたし……」

やがて、その少女が目を擦(こす)りながら起き上がった。

「気が付いたか？　渚(なぎさ)」

《名探偵》は今、アベルの《暗号(コード)》から無事に解き放たれた。

「あ、うん。君彦……」

渚はまだボーッとした様子で周囲を見渡す。あの夜汽車で意識を失った時と今、その状況のズレを記憶と照らし合わせているようだった。

「水、飲むか？」

「あ、ありがと」

ペットボトルの水を渡そうとして、互いの指先が触れる。

その瞬間、渚は俺を見てふいっと顔を逸らした。車中は暗くも、その頬は赤く染まっているように見える。

「あー、なんか夢見てたかも」

どうにか水を飲み、パタパタと手で顔を扇ぐ渚。

実は俺も夢を見てたんだ、と言おうかとも思ったが、代わりにこう訊くことにした。

「いい夢だったか？」

渚は少し考える素振りを見せて、それから笑って言った。

「まあまあかな！」

まあまあ、か。俺は苦笑を漏らし、だがそれはすぐ純粋な笑いに変わる。

少しの間、俺と渚は二人で笑い合った。

「それで、君彦。今の状況は？」

「ああ、それなら外に出て実際見た方が早い」

俺と渚は車外に出て、暗い空を見上げる。

そこには変わらず巨大な《システム》が浮かんでおり、その下には光る大きな円形の足場のようなものができている。アベルは今そこにいると思われた。

「君彦。あたし、守屋教授と話さなくちゃならないことがある」

そんな光景を見て渚は唇を固く結ぶ。どうやら彼女も俺が知ったアベルについての真相に……あるいはその先にまで辿り着いたらしい。

「身体はもう大丈夫か？」

「触って確かめてみる？」

渚は軽口と共に微笑んで俺に身体を向ける。そのどこにも、もう傷はない。

「あたしたち二人で《大災厄》を止めよう」

渚はそう言って、意志の籠った眼差しを俺に向けた。

「二人で？　私を仲間外れにしないでほしいな」

ふいに背中側からかけられた声に渚は振り返る。

ずっと俺には見えていた。俺の視界には入っていた。

とある一人の少女が、今か今かと焦れったく待っている姿が。早く自分に気付いてと、少し離れた場所からずっと渚を見つめていた。

「嘘、本当に？」

赤い瞳を丸くして、渚はハッと息を呑む。

「シエ、スタ……?」

そこに立っているのは、俺たちがずっと目覚めるのを待っていた眠り姫。白銀色のショートカットの髪の毛を風に揺らし、探偵シエスタは微笑んだ。

「渚、久しぶ……わっ」

シエスタの言葉を待たず、渚が飛びついた。

ぎゅっと強く抱き締め、涙で滲んだ声で、帰ってきた親友の名を何度も呼ぶ。最初はきょとんとしていたシエスタも、笑みを浮かべ直して渚の背中を優しくさすった。

「おかえり、シエスタ」

「ただいま、渚」

二人はそっと身体を離し、微笑み合う。

ずっと見たかった光景が、叶えたかった願いが、今目の前で実現した。

「この順番で合ってたみたいだな」

俺は賭けの成功に胸を撫で下ろす。

渚をアベルの《暗号》から救い出すには、必要なものが一つあると俺は踏んでいた。それはシエスタがこれまで度々見せてきた、いわゆる《白昼夢》の能力。自身の心象風景を展開し、そこに他者を呼び込み対話を試みる力だ。

　それは元々シエスタの心臓に起因する能力だと思われていたが、今なら分かる。それは彼女の《意志》によるものだった。ゆえに俺は先にあの修道院でシエスタの目を覚まし、それから二人で渚が囚われている《暗号》の世界に干渉し、渚を連れ戻したのだった。

「そっか。シエスタの《意志》は、君彦がアベルから取り返してたんだ。しかも記憶も人格もそのままに」

　渚がホッとしたようにため息をつく。

「でも、具体的にはどうやって目を覚まして……」

　と、渚が続けようとしたその時、激しい雷鳴が轟いた。

「感動の再会に浸りたいところではあるが、落ち着いて紅茶を飲むのは《大災厄》を止めた後。それでいいよな、シエスタ？」

　交わしたい言葉も無限にあるが、それは後日談で十分だろう。俺たちが置かれている危機的状況については、シエスタにも語って聞かせていた。

「へえ、いつの間にか君も主導権を握る立場になったんだ」

「お前が一年以上眠ってる間にな。どうだ、頼れる男になってるだろ？」

「うーん、何人もの女の子をいたずらにその気にさせる顔にはなってるね」

　まったく、理不尽だ。

俺はため息をつきつつ、車のトランクを開ける。そしてノーチェスが用意してくれていたブツを、シエスタに渡した。

「ほら、これがないと始まらないだろ」

シエスタは一瞬目を見開き、しかし、すぐに微笑んでその武器を——マスケット銃のストラップを右肩にかける。

「最高の仕事だよ、助手」

俺たち三人は車から離れ、戦場へ走る。

状況はここを訪れたばかりの頃よりも悪化していた。アベルに掌握された逆三角錐の《システム》からは無数の光線が降り注ぎ、建物を壊し大地を焦がす。だが時折その光線のベクトルが捻じ曲がる。《調律者》たちだ。彼らの《意志》が攻撃を弾いていた。

そして防ぐだけではない。遠くから《魔法少女》の放つ弓矢がアベルを狙い、またバイクからヘリに乗り換えた《暗殺者》は、敵めがけて銃火器をぶっ放す。操縦しているのは《黒服》か、はたまたノーチェスか。

「それで、助手。どうやって止めるの？」

「アカシックレコードを破壊する」

「簡単に言うね」

シエスタは苦く笑う。

「あの《怪盗》が、簡単に壊させてくれるとは思えないけど」

「ああ、つまりはアベルに対する説得が必要なわけだ」

ただし、奴自身が語っていた通り今起きている事態は自らの《意志》によるもの。究極の確信犯として、アベルは自ら《大災厄》と成り果てた。

それでも俺たちは奴に認めさせなければならない。こんな新世界は間違っていると。

「あたしがやるよ」

すると渚がそう名乗り出た。

赤い瞳を決意に輝かせ、それが使命だと胸を張る。

「だから、その道をみんなで作ってほしい」

シエスタはわずかに目を丸くし、でもどこか嬉しそうに頷いた。

「だったら私は助手と一緒に君をサポートしよう」

「わ、急に負ける気がしなくなった」

二人の探偵は、ふっと頬を緩める。

誰より負ける気がしないのはむしろ俺の方だった。

「じゃあ、あとはどうやってアベルのもとへ向かうかだが……」

と、その時——階段が現れた。上空に浮かぶ《システム》へ、つまりはアベルのもとへ辿り着くための長い、長い光の階段。これは、一体……。

「みんなの《意志》を感じる」

シエスタが言った。

「どこか遠くで、私たちが帰ってくることを祈る強い《意志》が」

これだけの《意志》の具現化。もしかすると、巫女の力だろうか。あるいはアイドルか、エージェントの少女もどこかで祈ってくれているのかもしれない。

「じゃあ、行くか」

そうして俺たちは光の階段を上り始めた。

「え、あたしが真ん中？」

渚を挟んで右に俺、左にシエスタ、三人で並んで階段を上る。本当は走りたいところだったが、足場は不安定で落ちたら一巻の終わりだ。

「そりゃそうだろ、渚が言い出しっぺなんだ」

さしずめ俺もシエスタも今回は助手役というわけだ。

「不安なら手を握ってあげようか。ほら」

「お、いいな、そのアイデア。ほれ」

「なんで二人してあたしの手取るのよ！　真ん中のあたしが子供みたいじゃん！」

もう、と怒る渚は本当にどこか幼子のようで、俺もシエスタもつい耐えられずに吹き出した。いつだったか、こんな日常が昔にもあった気がした。

三人で並んで歩いた日常が。いつかもう一度と願った、幸福な思い出が。

「二人とも、頭を下げて」

と、その時。弛緩した空気にしてしまったバチが当たったのか、反射した《システム》による光線が飛んできた。

「よくない癖だね、私たちの。つい戦場にいることを忘れて笑ってしまう」

マスケット銃を薙ぎ払い光線を弾いたシエスタが、一人でうんうんと頷く。

「まったくだ、おかげでいつも肝心な場面で緊張感を保てない」

「そう？　君の場合はそれでも生まれたての子鹿みたいに震えてるイメージあるけど」

「はあ？　寝過ぎてボケたか。最近の俺、超勇敢だぞ。多分、大体の魔王とか倒せる」

「君、世界一勇者のコスプレとか似合わなそうだよね」

「シエスタお前、一回俺に謝っといたほうがいいぞ。俺が本気出したらな……」

「あー、もう！　あたしを挟んで痴話喧嘩するな！」

やはり渚は怒って、でも、なんだか三人の中で一番嬉しそうにしていた。

なんだか、夢のようだと思った。

浅はかだろうか。もしくは最後の戦いを前にやはり緊張感が欠けているだろうか。それに、夢ならば見たばかりだった。たとえばミアや斎川やシャーロットが囚われていたあの幸福な夢。あるいはアベルが何度も語った新世界の夢。

なにが違うのだろう。同じような夢、同じような理想。

それでもなにかが決定的に違う気がした。だからこそ俺はあの書庫で、その優しい理想を否定した。——もう少し。もう少しで答えが出る気がした。あるいは、最初から分かっているのに見えていないものなのかもしれなかった。

「そろそろ、気持ちを入れようか」

シエスタが真面目な顔つきになって前を向いた。

上空に浮かぶ《システム》が、徐々に大きく見えてくる。

その時、突風が吹いた。風に煽られ、落ちないように立ち止まる。やがて風が落ち着くと「感じる」と渚が言った。

「アベルの《意志》を感じる」

きっと誰よりもアベルの絶望を知っている《名探偵》が空を睨んだ。

俺たちは階段を上る。最後の答えを出すために、階段を上る。

◆それが私たちの生きていく理由

階段を上った先には、大きな円形の光の足場があった。

「——アベル」

そして十数メートル離れた先に敵はいた。

昔とはまるで違う姿。顔には仮面、手には大剣。背には黒い翼が生え、骨とも鎧とも見分けがつかぬ白い体躯は、元の肉体から二回りほど大きい。人ではない——魔人。それは七つの大罪の始祖とでも言うべき《原罪の魔人》の姿だった。

だが俺たちのやるべきことは決まっている。アベルの《意志》を説得し、奴の頭上に浮かぶ巨大な《システム》を……その頭脳であるアカシックレコードを今度こそ破壊する。

そのためにまず大事なのは初動だ。

「あたしがアベルの《意志》に問いかけ続ける」

渚が真っ先に切り出した。そして。

「だから、シエスタと君彦はそのための道を切り拓いてほしい」

俺たちは顔を見合わせ頷く。

気付けばここへ辿り着くための階段は消えていた。

「ミアたちの《意志》が限界だったのか……?」

「あるいは、ここへの侵入を許可されたのが私たちだけだったのかも」

なるほど。シエスタの推理が正しければここから先の助力は望めない、か。

泣こうが喚こうが怒ろうが、これが最後の戦い。だがやはり、最後はできれば笑いたいものだった。

「アベル」

渚が一歩前に足を踏み出す。俺とシエスタも合わせて身構えた——その次の瞬間、もう目の前にアベルはいた。

「渚……！」

反応したのはシエスタだった。渚と、ついでに俺を抱えて身を投げ出す。真横に振るわれたアベルの剣は、さっきまで俺たちがいた場所を掠めていた。

「自分が《特異点》になったらもう殺せないものはない、か」

アベルは振り返る。俺たちを見下ろす仮面からは、変色した赤黒い瞳が覗いていた。

「聞いて、アベル！」

渚が叫ぶ。だがその時には再び、敵は俺たちに向かって剣を振り下ろしていた。渚は一瞬の後に《意志》で生成した紅いサーベルで弾き返そうとする。

「——え」

油断などあるはずもない。渚の手にしたその剣が、どんな由来を持つものかも俺は知っている。だがその刃はまるで玩具のようにポキリと折れた。アベルの振るった剣の切っ先は彼女の肩をわずかに切り裂き、鮮血を飛び散らせた。

「……渚！　っ、くそ！」

俺は腰から銃を引き抜こうとして、だがその時にはすでに一人飛び出したシエスタがマスケット銃を構えていた。

「狙いは、アレでしょ？」

火花を散らす発砲音。銃弾は《システム》に向かって放たれていた。

しかし、気付けばそこにいたはずのアベルがいない。着弾の寸前、《システム》の前に出現したアベルはその銃弾を身体で受け止めていた。

「助手は渚を！」

シエスタはこれを機にと、マスケット銃で敵を追撃。その間に俺は渚を介抱する。肩から血は出ているが傷口は幸い浅い。

「大丈夫か？　掴まれ」

「これぐらい、全然痛くないよ」

それは自分を騙す《言霊》、渚は俺の肩を借りながらもすぐに立ち上がった。

「アベル。あなたの絶望ならあたしも見た、あたしも知った！」

銃弾の雨を潜り抜けたアベルが、無傷のまま姿を現した。

怯むことなくシエスタは銃を手に単身、アベルに突っ込む。《意志》の籠った銃弾が二発、三発と命中——だがアベルは動じない。

そしてアベルは無言のまま、ゆっくり剣を構え虚空を斬った。刹那、シエスタの身体は見えない衝撃波に襲われたように投げ出された。

「シエスタ……！」

「……っ！　身体、が……焼け、る」

倒れ込んだシエスタのもとへ駆け寄ろうとしたその時、なにかが俺の身体を斬った。

「……っ、なんだ、これ、は」

思わずその場にくずおれ、同時にシエスタの言っている意味が分かった。

まるで臓器を燃やされているかのような痛みだった。心臓か、肺か、胃か。……違う。

《意志》を宿す目に見えない臓器が焼かれていた。

「なぎ、さ……！」

渚も顔を苦痛に歪めている。同じように《意志》を燃やされているのだ。それでも彼女はサーベルを杖代わりにしてアベルのもとへ向かう。

「……あなたがあたしに見せたあの絶望。最初はそれをあたしへの攻撃だと思った。あたしを苦しめるため、あたしを《特異点》から切り離すための攻撃だって。でも、違った！あなたはただ知らせたかったんでしょ！　あの痛みを、この世界の限界を！」

宙に浮かぶ《システム》の周囲に無数の光のリングが出現した。それらが渚に向かって一気に射出される。俺もシエスタも動けなかった。

だが、光のリングは見えない壁に阻まれたように弾かれた。一体誰の《意志》が渚を守ったのか。ここには数え切れないほどの正義の味方がいる。きっと誰か一人ということではない。彼ら全員の《意志》による盾だった。

「アベル！　あなたの犯罪計画には動機がある！　あなたの《暗号》にだって意志はある！　あなたの憎しみを晴らす方法は他に……！」

次の瞬間《システム》が暗い色に点滅する。そして濁色の太い光線が発射された。渚の前に張られた見えないバリアを粉砕しようと光の奔流が暴れる。

「……っ！　あたしは、探偵だから！　あなたを救わせて！」

渚が赤いサーベルを大地に刺して叫ぶ。だが、その声は届かない。濁流によってアベルの姿すら見えなくなっていた。


「その理想は正しくない」


その時。必死に訴えを続ける渚のもとに近づく一人の影があった。まさかこの場所に乱入できる存在がいるとは思わなかった。

だが不思議と、そいつならやってのけそうな気もした。最近いつもそいつは不意のタイミングで現れ、適度な助力と知識をもたらし、おまけに俺に説教をする。つまりは俺と役割が被っている、目の上のたんこぶとでも言うべき男だった。

「……っ、いつかその鼻明かすからな」

だから俺は内臓の痛みを抱えながらも、そいつの前に立ちはだかり尋ねた。

「……渚になにを言うつもりだ、大神（おおかみ）」

元、助手代行にして《執行人》大神。こんな状況にもかかわらず落ち着き払った様子で俺と向かい合い、こう言った。

「アベルを殺そうと。そう夏凪（なつなぎ）渚に進言するだけだ」

それから大神はさらにその理由を告げた。

《調律者》全員でアベルの首を落とすことだけに専念すべきだと。まだその方が、説得などという曖昧な方針よりも災厄を止められる確率は高いはずだと。

「大神、お前は渚の右腕じゃなかったのか？」

「探偵の間違いを正すのも助手の役目だ」

よく聞けと大神は言う。

「世界と少女、お前は少女を選んだ。そしてその少女と共に世界を救うと決めた。ならばそれをまっとうしろ。少女と共に世界を救え。敵まで救済する必要はない。その手で救えるものと救えないものの区別をつけろ」

それは正論だった。決して大神はおかしなことは言っていない。

むしろ俺もそう思って生きてきた。せめてこの目に見える範囲、手の届く範囲で人を助けようと。この妙な体質で生まれた俺にとっては、そういう生き方が相応（ふさわ）しいはずだと。

あのシエスタですら全部は救えなかった。彼女自身それを認めていた。

だからそれでいい。本当はそれでいい。隣人を救い、その隣人がまた誰かに手を差し出し、その輪が広がればいつか世界は救われる。それがこれまでの旅で俺たちの行き着いた答えだった。――でも。

「この戦いは、境界線をなくすための戦いなんだ」

この戦いだけは、今この瞬間にすべてを救わなければならない。

綺麗事でも。ご都合主義でも。今回だけは隣人も敵も区別をつけてはならない。この世界の正しさの基準であるアカシックレコードを破壊しようとする俺たちが、俺たち自身の物差しでなにかを測ってはならない。今だけはその秤を捨てなければならない。

「……だから頼む、大神。探偵にすべてを、救わせて、やってくれ……」

ふらつく身体で、俺は大神の襟元を掴む。

アベルの《暗号》が俺の《意志》を燃やし尽くそうとしていた。

「安易に《特異点》の能力を捨てるからそうなる」

耐えきれずその場で膝を折り、大神はそんな俺を呆れたように見下げた。

「……っ、俺は、《特異点》の力を捨てたんじゃない、盗ませたんだ」

「……なに？」

曰く《特異点》とは、理不尽を覆す能力。綺麗事を叶え、ご都合主義を実現させる。

だから今、その能力を手にしたアベルの《意志》は実現する。あの男が抱える最も理不尽な嘆きが、叫びが、ほら。誰の耳にも聞こえてくる。

『やめて！　来ないで！　許して！』

たとえばそれは殺人鬼を目の前にした、若い女性の悲鳴。大神にも聞こえたのか、いつもは感情の色が薄い瞳を僅かに見開いた。

だが、さっきから聞こえている声はそれだけではない。耳を塞ぎたくなるような叫びが無数に響いている。

『怖いよ！　お父さん！　お母さん！』『痛い、痛い、痛い！　もう許してよ！』『お願い、子供だけでも！　せめて子供だけは！』『なぜ奪う！　俺たちから、なにもかも！　ここは俺たちの国だ！』『嫌だ、あの人を置いて、死ねない……死ねない……』

命が穢され、潰える音。アベル自身が前世で体験したことだけではない。過去数千年に及ぶ世界中の人々の最期の叫びが、光の濁流を伝って流れてくる。かつて人の悪意によって命を奪われたすべての者たち、その集合体こそがあの魔人の姿だった。

ゆえに渚はアベルの声を聞く。その意志に耳を傾ける。そこにすべてがあるから。この世界の理不尽に絶望し、命を散らせた者たちに手を伸ばす。アベルを救済することは、あらゆる死者の魂を救うことだから。

「行け」

大神が言った。

「名探偵を死なせたら、俺がお前を殺す」

「……そりゃ、おっかないな」

俺が苦笑し、顔を上げた時にはもう大神はいなかった。昔、俺や渚がやっていたように《意志》だけがこの場に来ていたのだろう。

そうして俺は燃える痛みを抱えたまま立ち上がる。立ち上がれる。まさかあいつの忘れ形見の《意志》が俺の空っぽになった臓器を埋めてくれたのだろうか。だとすれば余計に腹が立つ。また借りを作ったことで、でかい顔をされてしまう。

「理不尽だ」

まだおぼつかない足元で、それでも俺は渚のもとに向かう。

「……っ、渚！」

だがその時、ついに俺たちを守っていた盾が決壊した。人の悪意とそれに穢された者たちの悲痛が籠った濁流が放出される。

「君彦！」

ギリギリ渚の指先を掴み、俺たちは手を取り合う。向かうべき方向は決まっている。俺たちは濁流に逆らって進む。渚は泣いていた。でもその涙を拭いながら前に進む。すべての憎しみと悲しみを全身に受け止め歩いていく。

「……っ、くそ」

だが濁流の勢いは増し、前に進むどころか息ができなくなる。海水を飲むように、人の悪意の渦が身体に入り込んだ。渚との手が離れそうになる。……この手だけは離してはいけない。まずは誰かの手を取って、そこから物語は始まるのだから。

「行くぞ、渚。アベルの、ところへ！」

すべてを救いに、俺たちは——

「私は君たちを誇りに思うよ」

——その時、光が差した。突如として濁流が割れ、そこに少女が立っている。いや、少女と呼ぶにはあまりに神々しく、畏れが先に来るような。

白と金のドレスを身に纏い、背には大きな白い片翼、一瞬で伸びた長い髪を棚引かせた——《システム》の力を借り受け、女神のような姿になったシエスタがそこにいた。

「一緒に救おう、世界を」

光の結晶が集まり、彼女の右手には黄金色に輝く三日月の形状のような刃の武器が生成される。何度その《意志》を燃やされようと、そこが戦場である限り戦い続ける。それが幾度も死地から蘇った、誇り高き正義の味方の生き方だった。

「アベル？　それともアルセーヌ？　もしくは、本当の名前が他にあった？」

シエスタは消えるように走った。

目には見えない。声さえも置き去りにして、大剣を構えたアベルのもとへ跳ぶ。

「あなたは誰？　あなたの名前はなに？　あなたの意志は……」

「この肉体の意志はただ一つだけだ」

この戦場において初めてアベルが口を開いた。

そして視界が追いついた時にはもう、決着がついている。

シエスタの一太刀が一瞬早く、アベルの骨の鎧を打ち砕いた。

「――っ、忘れ、ない。この意志が、忘れさせない」

身体を大きくふらつかせながらも踏みとどまったアベルが叫ぶ。

「彼らの死は無駄などではない。悪に殺された彼らの遺志は、決して死なない！」


アベルは、俺たちに理解させたかったのだ。

人間とは悪である。ゆえにその罰は受けなくてはならない。悪に斃れた者たちの存在をなかったことにはできない。

だが苦しみを終えた先に理想郷は待っている。決して犯罪の起こらない、人類が悪意から解放された世界は実現できる。なぜそれが理解できないのか――一千億の遺体の上に立ち、アベルは《名探偵》に問うていた。

「守屋教授」

渚は探偵ではなく、学生として答えた。

「これが、あたしがこの理不尽に満ちた世界を肯定する理由」

次の瞬間、辺りが音と光に包まれた。

渚が閉じ込められていたあの暗闇のように、無数の映像が同時に流れ出す。

――誰かが誰かに病院のベッドでバラの花束を贈った。それは見舞いの花ではなく、プロポーズのブーケだった。――ある家の玄関で少年が、帰ってきた父を見て泣きながら固まっていた。二年ぶりに戦地から帰ってきた父だった。――その日は女性の母の命日だった。大勢の親戚が集まっていた実家の和室で、彼女の赤子の快哉とした産声が響いた。

「世界にはこんな瞬間だって溢れてる」

確かに世界は歪だ。暴力も差別も貧困もなくならない。人に七つの悪意がある限り、俺たちはみな毎日、不幸の扉を開けていく。だからその扉の先に悪意の存在しない理想郷を用意する者が現れた時、人はそれに縋ってしまうのかもしれない。――でも。

「こんな理不尽に満ちた世界はバカげていると、そう一緒になって怒って、笑い飛ばしてくれる隣人を見つけるために、あたしたちは生きていたい」

渚の隣に俺が立ち、反対側にはシエスタが立った。

人間は不幸になるために生きている。

でも俺たちはその合間にたまに笑う。

同級生との他愛（たあい）ない軽口で、憧れのアイドルの歌を聞いて、苦手だったはずの誰かと和解して、閉じこもっていた部屋から飛び出して、新たな夢と生きがいを探して、いつもより特別な紅茶を飲んで、俺たちはその一瞬一瞬に生きる意味を感じる。

人間は不幸になるために生きている。

だからこそ、幸福を探しに旅に出る。

「その過程で死した者たちの遺志はどこへいく？」

アベルが、いや、守屋（もりや）教授が尋ねる。

恐らくこれが最後の問いだった。

「その一瞬の幸いにすら手を伸ばせなかった者の無念は誰が晴らす？」

「あたしたちが。残されたあたしたちが、必ず」

言葉だけではない。綺麗事（きれいごと）だけではない。

探偵として生きていく渚（なぎさ）は、一生をかけて彼らに手を差し伸べていく。

「そうか」

教授は短く呟（つぶや）く。わずかに表情が緩んだ気がした。

やがて彼の身体（からだ）から、なにかが這（は）い出てきた——影だった。黒く伸びる影。それはやがて巨大なカーテンのようなワンピースを着た魔女のごときシルエットになる。

「原罪（カイン）のコード、か」

最後まで守屋教授は認めなかった。決してアレに操られていたわけではないと。自分がアレを従えていたのだと。しかし憑代（よりしろ）を失った影は逃げていく。

そして光を取り囲むように、あの逆三角錐（さんかくすい）の《システム》へ向かう。アカシックレコードを飲み込もうと、その巨大な人影で覆うように抱き込んだ。

「壊せ」

教授は言った。

「せめてもの、人類の罪ごとアカシックレコードを壊せ」

誰かが武器を使ったわけではない。それでも《システム》に大きくヒビが入り始める。きっとそれはここにいる探偵だけではなく、正義を秤（はかり）にかける者たち全員が自らの《意志》で、アカシックレコードを放棄した証（あかし）だった。

「それでも、新世界はいつか来る」

アベルの言葉を残して、辺りは光に包まれた。

◆終幕

光が晴れて気が付くと、俺は地面に足をつけて立っていた。光る足場は見当たらない。

あの階段を上る前の場所に戻っているらしい。

少し離れた場所には、同じように周囲を見渡す渚とシエスタがいる。やがて目が合い、三人で呆然と見つめ合う。

「君彦！」

息を切らして車椅子で駆け寄ってきたのはリルだった。

「全部、終わったの？」

ごくりと唾を飲み込んで、硬い表情のまま俺に訊いた。

「——ああ。俺はそんなに役に立てなかったけどな」

せいぜい、探偵の顔を立てる手助けをしたぐらいだ。

するとリルの目が見開かれ、間もなく「そう」と表情が緩む。

「つまりはいつも通りというわけね」

「いつも俺が役に立ってないみたいな言い方をするな」

数秒顔を見合わせ、同じタイミングで破顔した。

向こうではノーチェスがシエスタと渚のもとに合流して談笑している。

「本当に、終わったのか」

今、俺たちの戦いは終わった。

彼女たちの笑顔を見て、肩の力が一気に抜ける。

このために頑張ってきた。この未来を目指してきた。これで、俺たちは──

「片はついたようだな」

ふと背後から声をかけられた。

振り向くとそこにいたのは紅髪の《暗殺者》加瀬風靡。さらに少し離れた場所には《執行人》や《名優》など他の《調律者》たちもいる。

「多少、勝手にやらせてもらいました」

「どこが多少だ、馬鹿が」

風靡さんは呆れた様子で、それでも目的を達成した俺たちを見て少し目尻を下げた。それに気付いた渚たちもこちらへやって来ると、シエスタが前に歩み出る。

「久しぶりだね、風靡」

一年以上ぶりの二人の再会。他の《調律者》たちもまた一様に興味深そうにシエスタを見つめる。一度ならず二度も死地から蘇った英雄の姿を。

「はっ、今さら驚くのも馬鹿らしいな」

しかし風靡さんだけは一笑に付すように鼻を鳴らす。

「どうせもうお前には関わることもあるまい」

「寂しいことを言うね。探偵と警察官同士、仲良くしようよ」

一瞬、驚いたように風靡さんが目を見張った。

「続けるでしょ、警察官」

シエスタが青い瞳でじっと見つめる。

しばらくの沈黙の後、風靡さんは薄く笑って「さあな」と答えた。

「それよりも、今はそいつの処遇を話し合うべきだろう」

風靡さんがキッと目を細める。気付けば再び奴はそこにいた。

「――アベル」

全員の注目が集まり、それと同時に武器が向けられた。

たとえば《暗殺者》はピストルを、《魔法少女》はステッキを、《執行人》は大鎌を。彼ら彼女らにとってアベルはそれぞれの仇敵でもあった。

「待って」

風靡さんの前に渚が手を広げるように立ちはだかった。

「なんのつもりだ？　確かにアカシックレコードは破壊された。が、このままアベルを野放しにするつもりか？」

「そういうわけじゃないよ。彼の罪を庇うつもりも毛頭ない。でも、ここであたしたちが彼を殺すことは正義じゃない」

渚は一歩も引かず、こう主張する。

「正義って多分、これからの未来を考え続けることだから」

その回答に風靡さんは虚をつかれたような表情を浮かべ、それでも銃を下ろした。するとその様子を見てリローデッドが声を上げる。

「アベルを生かすことが、今後の正義に繋がるとあなたは考えるわけ？」

「彼にはあたしたちとは違う力がある。それをこの世界のために使ってもらう」

——そうだ。これからアカシックレコードがなくなった世界が来る。俺たちが次なる正義のあり方を考えなければならないのは確かだった。

するとリローデッドもステッキを下げる。となると必然、残る大神に視線が集まる。

元々、大神は俺たちの方針に反対してアベルを殺すべきだと主張していた。

「いずれにせよ、まずは盗んだものをすべて返してもらわねばな」

大神は言って武器を下げた。ようやく緊張感が解け、少しだけ空気が弛緩する。

「でも、《システム》が壊れたのに盗んだものを返せるのか？」

アベルの《暗号》の能力、それは今も使えるのか。

「アカシックレコードなら、まだここにある」

するとアベルが口を開いた。そしてその右手から、オレンジ色の光の粒子のようなものが舞い上がっていく。

「……アカシックレコードを掌握していたお前は、その一部を体内に残してたんだな」

ゆえにまだアベルは《暗号》を使うことができる。あの光の粒子は、これまであいつが盗んできたこの世界のデータか。それを返すということは、つまり。

「諦めるってことだな？　この世界を管理することを」

悪であり続けることを。

「いいや、僕は悪をやめない」

俺の真意を読んだようにアベルは答える。

「僕は未来永劫、《世界の敵》として君臨する。そうして君たちは考え続ける。正義のあり方を、平和とはなにかを、人の愚かさを、七つの罪を、罪の贖い方を、無知の知を、自己犠牲という無自覚なる悪を」

複数の足音が聞こえた。それは白い仮面を被った装束を着た集団。彼らはぐるりとアベルを取り囲んだ。

「――《連邦政府》直轄の衛兵」

シエスタが小声で呟いた。

間もなく彼らはアベルに拘束具を取り付けていく。足首から順に幾重ものリングを。《連邦政府》は再び奴を幽閉するのだろうか。今度こそ永久に。

「世界の最果てから僕はずっと見ている。聞いている。君たちは逃げることはできない。平和など訪れない。安息などあり得ない。人が生き続ける限り、悪は生まれる。この身が朽ちた時には、新たな災厄が現れる」

首まで拘束具が嵌められる。それでもアベルは《調律者》たちに、あるいはどこかでこれを見ているであろう政府高官らに告げる。

「この悪の意志は、決して死なない」


アベル・A・シェーンベルクは未来永劫、世界最悪の犯罪者であり続けることを誓う。

それは俺たちへの挑戦状だった。

この悪の形を否定するのであれば、違うやり方で新世界を作ってみよと。それが達成されるまで、アベル・A・シェーンベルクはこの世界の脅威であり続ける。きっと今はそこが俺たちにとっての妥協点だった。

「望むところだ」

そしてアベルの顔に頭陀袋が被せられようとした、次の瞬間だった。

アベルの左胸に大きな穴が空いた。

「は？」

誰もが目の前の光景を疑う。風靡さんさえ、シエスタさえ。そして同じく目を見開いたノーチェスが空を見上げ、呟いた。

「アカシックレコード」

空に浮かぶは崩れかけた逆三角錐のモニュメント《システム》。そこに巨大な目のような紋様が浮かび上がっていた。まるで俺たちやこの世界を覗き込むような目が。

そこからはすべてが一瞬だった。真っ先に動こうとした《名優》が、地面から生えてきた水晶のようなものに下半身を拘束される。他の《調律者》や俺たちも同様に、謎の水晶に身体の自由を奪われた。

「……っ、まさか政府の連中が？」

だが遅れて気付く。アベルを拘束していた白装束の衛兵たちは、すでに全員が水晶の中に完全に閉じ込められていた。これは政府の仕業ではない。

「意志なき者は耐えられなかったか」

アベルが再び口を開く。この事態を把握しているのか？

「《システム》を破壊したことで、修復プログラムが働いているのだろう。どうやら僕から取り返そうとしているらしい――アカシックレコードを」

すると今度はアベルの下腹部に穴が開いた。アベルの目が大きく見開かれる。

「じゃあ、あれは、まさか……」

「この地球の……世界の意志？」

渚とシエスタが這い寄る水晶に苦しみながらも空を見上げる。やがてその空が、まるでガラスが割れるようにバラバラと砕け始めた。

「――《再起動》。すべてを、なかったことにするつもりか」

下半身が消し飛んだアベルは笑っているようにも、哀しんでいるようにも見えた。

「災厄は終わらない」

最後にそう呟いて、アベル・A・シェーンベルクは完全にこの世界から消滅した。

「×××！」

俺は手を伸ばす。消えた×××に手を伸ばす。

「……誰だ？」

俺は誰に手を伸ばした？　今そこにいたのは誰だった？

これまでずっと俺たちは誰と戦っていた？

「助手！」

誰かが俺を呼んだ。シエスタだ。シエスタが俺に向かって手を伸ばす。――分かる。覚えている。俺がシエスタを忘れるはずがない。――けれど、なぜシエスタがここにいる？

シエスタは一体どうやって目覚めたんだった？

「君彦！」

渚が俺を呼んだ。――つい数時間前、確か渚は、俺になにか大切なことを伝えてくれた気がする。彼女はなにを言った？　それに対して俺はどう応えた？　そもそも、いつ俺たちは名前で呼び合うようになった？

記憶が曖昧になってくる。

俺たちはずっと《調律者》の一人である《××》と戦っていた。《×××》という性質を持つ俺はそいつと、世界の秘密である《××××》を巡る戦いを繰り広げていた。そして、そうだ。たった今その戦いは終わったのだ。確か、その結末は——

「——ッ、シエスタ！　渚！」

必死に二人へ手を伸ばす。だが、もう俺の身体は動かない。

「大丈夫！」

渚が言った。首元まで水晶が迫りながらも懸命に激情を口にする。

「なにを忘れてもあたしたちは一緒だから。必ず未来の自分たちで、もう一度！」

……ああ、そうだ。俺たちなら、三人なら大丈夫。

シエスタと渚は探偵で、俺は助手。

それだけは覚えている。それを忘れることだけは絶対にない。だから……っ！

「いつかまた、世界を救いに旅に出よう」

最後に微笑を浮かべたシエスタに俺たちは頷く。


そしてその日、世界は生まれ変わった。

【未来から贈るエピローグ＝プロローグ】

「そうして世界の記録は塗り替えられたんだ」

例の管制塔にて、俺は取り戻した記憶をシエスタと風靡さんに語った。

すべて思い出した。俺たちの記憶を書き換えたのはアベルではなかった。世界の記録を改竄し、作り替えたのはこの世界そのものの意志だったのだ。

「疑うことさえできなかった」

そうやって俺たちはすべてを忘れて、シエスタが目覚めたという奇跡だけを都合よく受け入れて平和な日常を送り始めた。

渚と共に大学に通い、シエスタの作った探偵事務所で働き、後日談に浸った。元の意味すら忘れていたあの《大災厄》からはもう、一年以上が経っていた。

「原因は、こいつだったか」

風靡さんは煙草を吸いながら、弱々しい光を発する《システム》を足蹴にする。世界を書き換えた元凶を。

「――《再起動》。だが、なぜこいつはアタシらの記憶まで書き換えた？　目的はただアベルからアカシックレコードを取り返すことだったはずだろ」

それは……確かに。俺たちや、世界全体まで巻き込む必然性はどこにあったのか。

「シエスタはどう思う?」

「強制的なアップデートのようなもの、というのが近いかもね」

俺の問いに対して探偵は推理を試みる。

「二度と《システム》が危険に晒されないようなプログラムが実行された。つまり再びアカシックレコードを秘匿するために、《再起動》後の地球ではそれらにまつわるデータだけが削除された、とか」

「なるほど……俺たちが《特異点》や《怪盗》のことまで忘れていたのは、アカシックレコードに直結する記憶だったからか」

「ただ、そうまでしてパンドラの箱を守った割には、この有様のようだけど」

シエスタの目線の先には、地面に落ちた巨大な三角錐のモニュメント。宙に浮き、輝かしい光を放っていた頃の面影は見られない。

「アベルからアカシックレコードの一部を取り返したとはいえ、完全に復元することはできなかったんだろうな」

その証拠とまでは言えないかもしれないが、現にあの《大災厄》以来、一年以上にわたって《世界の敵》は誕生しなかった。それは当時俺も仮説を立てていた通り、絶対的な価値基準であるアカシックレコードの喪失により、正義と悪の境界線がないまぜになったからではないだろうか。

そしてそれと同時に《巫女》の未来視や《情報屋》の全知の能力に影が差したのも《システム》の破損が原因だろう。《調律者》たちは知らぬうちに《意志》の力を失っていたのだ。……実際あのシエスタでさえ、この前の《聖還の儀》の際に命を落としかけた。たとえ無意識にでも《意志》を使えていた頃の彼女であれば、あり得ない失態のはずだった。

「ったく、どうなってるんだ。世界は」

これで一件落着のはずがない。

もう二度と災厄は起こらないと、《世界の敵》は現れないとそう決まっているなら、あのブルーノ・ベルモンドが自ら巨悪を演じることなどあり得ない。これから先なにかしらの脅威が迫っているからこそブルーノは俺たちに警告したのだ。

「これから先、どころじゃないか」

たとえば今、人類の活動領域を狭めかねないほど、世界中にユグドラシルの種子が芽吹いていることも。俺たちは今まさに、無知の知を自覚する間もなく悪に呑まれている――まだ《大災厄》は終わっていない。

「こんな状態で、俺たちは一年以上も」

知らぬ間に俺はまた、段々と冷えていくぬるま湯に浸っていたらしい。

少し離れた場所で風靡さんが煙草を吸いながら考え込む姿を見て、俺も一度その場に腰を下ろした。

「そんな顔してると、眉間に皺(しわ)が寄るよ」

するとシエスタが俺の隣に座ってきた。

「どうせ俺は三日会わないと忘れる顔なんだ。少しぐらい特徴が出ていいだろ」

「三日会わないと忘れる顔か。面白い自己評価だね」

「お前が昔言ったんだよ、お前が」

「そうだったかな。じゃあそれは撤回しないとね」

シエスタは俺の顔を見て軽く微笑(ほほえ)む。

「一年と三ヶ月眠っていても、君の顔は忘れなかった」

すっ、と胸につかえていた棘(とげ)が抜けたような気がした。俺はしばらくシエスタの顔を見つめ、深く息を吐き出した。

「実は、少し不安だった」

俺が思わずそう漏らすとシエスタは首をかしげる。

「この世界に異変が起こってることに気付いて、俺たちの記憶にも穴があることが分かって。もしかしたらお前が目覚めたのもなにかの間違いだったんじゃないかって、俺が見ている白昼夢だったんじゃないかって、そう思ってしまう瞬間があった」

たとえばここは、アベルが作り出した理想の新世界だったんじゃないかと。俺たちは幸せな夢に縋って囚われてしまったのではないかと。――でも、違った。あの時、俺たちは確かにこの理不尽な世界を受け入れた。その現実の上で探偵を取り戻した。

「お前がお前でいてくれて、よかった」

今さら照れても誤魔化しても仕方ない。

俺は目を逸らさず、シエスタの横顔を見つめながら言った。

「素直だね」

「素直最高だろ」

「そんな素直な君に訊きたいんだけど」

と、シエスタが立ち上がりながら俺の顔を見る。

「私が目を覚ます直前、君は――」

数秒の間があった。その間シエスタは俺を見つめ続け、だが途中でなにか考えが変わったのか、ふっと視線を前に向けた。

「さて、そろそろこれからのことを考えようか」

言われて俺も立ち上がる。

さっきまで話していた通り《大災厄》は終わっていない。課題は山積みだった。

「まずは、このことを渚たちに伝えないとな」

渚は今、行方不明になっているシャルを探すため別行動を取っている。

状況が変わっていなければ大神とミアも一緒のはずだ。一刻も早く今起きている危機の可能性について情報を共有する必要がある。

「加えて、上の連中と顔を突き合わせることも必要だろうな」

すると風靡さんが俺たちの会話に入ってきた。

彼女の言う上の連中とは《連邦政府》高官のことだろう。

「あいつらはどこまでこのことを覚えていたのか。すべてを知った上でそれを隠し《聖還の儀》なんて祭典を開いていたのだとすれば、その意図を問いただす必要がある」

「そうだね。助手、ノエルに連絡は取れる？」

シエスタに訊かれ「ああ」とスマートフォンを取り出す。

ノエル・ド・ループワイズ。亡きブルーノの孫娘にして、《連邦政府》の関係者。俺たちに《聖遺具》なども託してくれた彼女であれば力になってくれるはずだ。

「行くか」

振り返ると、そこには一枚の扉があった。

この管制塔から帰る出口。アベルに奪われていた《特異点》の力は、良くも悪くも俺のところに返ってきているらしい。

「全部、ここから始まったんだな」

すべてはこの《特異点》という性質から。

曰く、あらゆる理不尽を覆し、いかなるご都合主義をも叶える——自らが災厄と成り果てでも。そんな《特異点》を、歴代の探偵たちは守ってきてくれた。

「どうしたの？」

足を止めたままの俺をシエスタが不思議そうに見つめる。

俺はずっと守られてきた。シエスタに、夏凪に。もしかすると俺も知らない、名もなき誰かに、ずっと昔から——

「いや、なんでもない」

軽く笑って、首を振って俺は扉へ向かって歩き出す。

「ただ、そろそろ守られるだけの物語も飽きてきてな」

けどそれは、物語自体の終わりを意味するわけではない。

願いは叶った。探偵は目覚めた。でも世界はまだ救えていない——だから。

「エピローグには、まだ早い」

俺は次の物語へ進む扉に手をかけた。

「助手のくせに生意気」

「……理不尽だ」

【第二章】

◆空白を超えて再開される物語

「そういうわけで渚。引き続き別行動にはなるが、よろしく頼む」

俺は空港のラウンジにて、ノートパソコンの画面に映る渚に軽く頭を下げる。先日あの管制塔で知った《大災厄》の真実は、先にメールで伝えていた。

『うん。シャルのことは任せて。と言っても、大神さん頼みになるんだけど』

一年前に公安に戻ったという大神は、現在シャルが指定テロ組織のメンバーの一員であるという情報を掴み、調査を進めていた。今は渚も一緒にそのアジトをいくつか当たっているらしいがまだ発見には至っていないという。

「元々シャルは風靡さんを追っていたはずで、それが途中で行方不明になった。普通なら風靡さんが怪しいところだが……」

『君彦にはそうは見えないんでしょ?』

風靡さんはあの管制塔で別れた後、また単独で動き始めた。詳しくは教えてくれなかったが、《連邦政府》とコンタクトを図るつもりなのだろう。

彼女はずっとそうだ。上の人間に用があると、それだけをずっと言い続けている。俺もノエルに頼んではあるが、まだ高官らと会う手筈は整っていない。

『やっぱりシャルは想定外の事態に巻き込まれたってことかな』

「ああ。まあ、そう見せかけて、たとえば大神の言う通り組織のメンバーと合流してなにかを企んでる可能性も否定できないが」

しかしシャルがそんなことをするだろうか？ ……というかそんな頭脳プレーを思いつくだろうか。あのシャルのことだ。いつだって自分が思うままに突っ走るはず。だとしたら今、どこでなにをしているのか。

『とにかく、もう数日は粘ってみるよ。次はどこの国だろ』

画面の向こう、同じくどこか異国の空港のラウンジで渚がぐっと伸びをする。大学は春休みとはいえ、もう何日も日本を離れて動いている。疲れも溜まるだろう。

「ミアの様子はどうだ？ あいつもこんなに動くのは慣れてないだろ」

『あ、ミアはロンドンに戻ったよ。世界の記録が取り戻されたことで、《巫女》としての力も還ってくるかもしれないからって。時計台でお役目に時間を割くみたい』

なるほど、そうだったか。不安定とはいえ《システム》はまだ地球に残っている。であればミアの未来視の能力もそのうち……。

「ん、ちょっと待て。ということは渚、今お前は大神と二人か？」

『え、そうだけど？』

「大神と二人きりで旅行してるのか！」

……それは、どうなんだ。

渚が大神と二人？　朝から晩まで？　それを何日も続けて？

「脳が破壊されそうだ」

頭が痛くなってきた。なんだか周囲の声も遠く聞こえる。

『君彦？　もしもーし？　おーい』

やけに苦いコーヒーを飲み干して画面に向き直る。

「大神に言っとけよ。もし変なことしたら《特異点》の力でもなんでも使ってお前の概念ごと抹消するって」

『はいはい。てか、それ言うなら君彦だってシエスタと二人きりでしょ』

渚がじとっと画面越しに見つめてくる。

世界に確かな異変が生じていることが発覚し、政府とのコンタクトが取れるのを待つ間、俺とシエスタはその異変を実地調査することにしていた。

『あたしが大神さんと二人なのは嫌なのに、自分はシエスタとよろしくするんじゃん』

「よろしくするってなんだよ。ただの仕事だ」

七年前からずっと変わらずな。

「なんだ、渚。まさか嫉妬でもしてるのか？」

だから俺は自分のことは棚に上げ、いつものようにそう軽口を飛ばした。

『……そういういじり、なしね』

すると渚は、くるくると髪の毛を指で巻きながら視線を外す。

失われていた過去、そのすべてを俺は語ったわけではない。つまりあの《大災厄》の日、渚が俺に伝えてくれたあの本心を、わざわざ俺が言うような無粋な真似はしていない。だが渚は自ら思い出していたのだ。自分があの時、俺になにを言ったのかを。

『て、ていうか、もうあれから一年以上経ってるし？　一年も経てば人の気持ちも変わるし？　あの時はなんていうか、多分、そういう空気に当てられてたっていうか、その』

渚は顔を赤くしつつ、視線を逸らしながら言う。

『い、一旦、忘れてくれない？』

やれ、せっかく取り戻した大事な記憶なんだけどな。

「分かった。じゃあ、いつも通りな？」

『……うん！　いつも通りで』

まあ、今さら気まずくなるわけでもないだろうが、渚がそう言うのなら。

「じゃあ、いつも通り渚はドMで、誰にどれだけいじられようが、怒っているようで本当はその辱めに喜んでいると受け取っていいわけだな」

『いいわけあるか！　な、なんでそこに話が戻ってくるのよ！　いじるのは禁止！　どっちかというとあたしが君彦に対してドSになるの！』

「いや、そこまで遡るのは無理があるだろ。お前がドSっぽかったの、序盤も序盤だけだっただろ。すぐに本性現しただろ」

『〰〰〰！　もう知らない、やっぱ嫌い！　女の子の気持ちとか一ミリも分かってない配慮もできない無個性、無機質、無粋男！』

渚はテーブルをどんどん鳴らしながら怒りをぶつけてくる。周りの客、引いてるぞ。

「なんだか楽しそうだね」

と、その時。俺の片耳のイヤホンを一人の少女が奪った。

「渚、あんまり怒るとせっかくの可愛い顔が台無しだよ？」

『……わざわざ煽りに来たの、シエスタ』

割って入ってきたシエスタを、渚は恨みがましく見つめる。

「渚のそういう顔を見ているとつい虐めたくなってしまうね。気をつけて？」

『虐められる側が気をつけないといけない話なの!?』

渚の百点満点のリアクションに、シエスタはくすっと微笑む。

「ごめん、ごめん。本当は渚にお願いをしに来たの。改めてだけど、シャルのことをよろしく」

するとシエスタは表情を切り替え、真面目なトーンで語る。

「多分、シャルのことも全部は繋がってる。私たちがこれから取る行動一つ一つが、冗談ではなくこれからの世界にとって大きな意味を持つ」

　一年前の後始末を、今度こそ。

　シエスタがそう言うと、渚も力強く頷いた。

「シエスタ、そろそろ」

　フライトの時間は間もなく。

　世界の異変を調べに、俺とシエスタはまた数日間の旅に出る。

「それじゃあ渚、またな」

『うん、君彦もシエスタも気をつけて。距離感とか』

「なんの注意喚起だよ」

◆薄明の誓い

　世界の異変を確かめに行くべく、俺とシエスタが飛んだ先は南米だった。飛行機を二度乗り換え、目的の国のさらに山間部へ向かう。

　シエスタ曰く、地球上にはいくつか《観測点》と呼ぶべき、世界のバランスを見極める場所があるのだという。例えばアフリカ北部に見られる四角錐状の巨石建造物が並ぶ砂漠地帯や、北米に位置する二カ国を分断する国境代わりの巨大な滝もそう。

少し前、《聖還の儀》直後にシエスタが一人どこかへ行っていた時もそういった場所を巡っていたらしい。そして今回の目当ては、南米の高原地域に広がるとある塩の湖。世界で最も平らな場所として知られ、雨で溜まった水は限りなく薄く広がりまるで巨大な鏡のようだと喩えられるという。

そんな塩原に程近い宿泊先に着いたのは夜のこと。観光客向けのそのホテルは壁や家具までもが塩のブロックで作られており、まさに塩の街と呼ぶに相応しい。併設されたレストランとスパで食事を取り、汗を流す。

「疲れた」

そうして部屋のベッドにうつ伏せで倒れ込む。まだ二十歳、体力が衰える年齢ではないはずだが、さすがに移動続きで疲れ果てた。

特にこの一年は平和に過ごすことが多かった。平日の昼間は大学、それ以外はシエスタの作った探偵事務所で、せいぜい浮気調査やペットの捜索をするばかり。こんな風に世界を飛び回るのは久しぶりだ。

「シエスタも疲れたろ」

仰向けになりながら、そう話しかけ、

「……一人か」

部屋にシエスタがいないことを思い出す。

レストランでの食事までは一緒だったのだが、なんでも今晩はホテルに空きがあるとのことで、シエスタは俺と別の部屋を取ったのだった。

「別にいいけどな、別に」

同じ部屋だからといって、なにか特別なことをするわけでもない。

確かに昔、共に旅していた頃は大体寝泊まりは一緒だった。だが今はあの頃より金もある。お互い気を遣わず、各々過ごすのもいいだろう。

他にやることもない。疲れが溜まっているのも事実。俺はさっさと寝る準備を整える。

日本の暦では初春だが、この地ではまだまだ寒い。

暖房を入れ、布団も肩まで被る。そういえば昔は寝る前に「なにか面白い話でもしてよ」とよく無茶振りをされていたなと、遠い日を思い出しながら目を瞑った。


それから、どれぐらい時間が経ったか。

ずん、と下腹部に重みを感じて目が覚めた。部屋は暗い、視界はぼんやりしている。だがなにかが……誰かが確かに俺の上に乗っている。

「おはよう」

シエスタだった。

冬仕立てのいつものワンピースを着たシエスタが俺を見下ろしていた。

「……おはやすぎだろ」

何時だ？　窓の外はまだ暗い。夜明け前だった。

「……いつもの寝坊癖はどうした」

「バカか、君は」

理不尽だ、と愚痴を吐く前にあくびが出た。眠すぎる。

「仕事だよ、早く着替えて準備して」

シエスタはそう言いながら、俺が着ているパーカーの紐を絞ったり緩めたりして遊ぶ。

「嘘だろ。陽が昇ってからじゃダメなのか？」

「この時間じゃないと調べられないこともあるんだよ。ほら、起きて」

そしてシエスタは俺に乗ったまま両腕を引っ張り起こしにかかる。

「……眠い。動けん。着替えさせてくれ」

「いつもと逆だね。はい、バンザイして」

ため息をつきながらもシエスタは俺のパーカーを脱がせる。

「お、ちゃんと今も鍛えてはいるね。偉い偉い」

するとシエスタは俺の上半身をペタペタ触りながら納得したように頷く。

「……手が冷てえ」

「その分、心が温かいんだよ」

「……ほんとか？　ああ、そんな感じはするな。服の上からだとよく分からんが」

「……はい、じゃあ下は自分で着替えてね。ロビーで待ってるから」

そう言うとシエスタは、なぜかさっさとベッドから降りて出て行った。眠すぎてよく分からないが、俺はなにかしてしまったのだろうか？

十分後。ロビーでシエスタと落ち合い、湖へ向かう。

「寒いな」

アウターに手袋にマフラー、冬支度をしていても冷たい風が身体(からだ)を震わせる。まだ辺りは薄暗い。シエスタは懐中電灯で照らしながら、浅い湖の水を試験管に採取する。

なんでもこうしたシエスタは《観測点》での水温や塩分濃度、大気中の特定の元素成分、生態系の変化によって世界の傾きを測るらしい。が、これは俺がそう再解釈しただけ。本当はもっと難しい言葉で説明を受けたのだが、話が専門的すぎて完全には理解できなかった。

しかし、シエスタはきっと昔からこんな仕事もしていたのだろう。それこそ俺がまだ《名探偵》という言葉の本当の意味すら知らなかった頃から。

「シエスタ、お前はあの頃どこまで知っていた？」

たとえば《虚空暦録(アカシックレコード)》の秘密、《怪盗》の正体、《意志》の力、それから《特異点》のことも。それらについて、シエスタは俺にまったく語ってこなかった。

もしかすると、それは《特異点》である俺を守るためだったのだろうか。本当のところ、シエスタはこの世界の秘密についてどれだけのことを知っていたのか。

「君は私を買い被りすぎだよ」

シエスタはなにやら薬を入れた試験管を揺らしながら苦笑する。

「ブルーノみたく、すべてを知っていたわけではないと？」

「当時の私の敵はあくまでも《SPES》で、それ以上のことまでは手が回らなかった。両手に抱え切れるものはそう多くなかった」

俺はあの頃、シエスタを神聖化し過ぎていた。

本当は彼女もただの人間で、喜怒哀楽があって、けれどそれを隠していただけ。俺はその強さに甘え、シエスタの両手が埋まっていたことに気付けなかった。右手には銃を、左手では俺の手を握るだけで精一杯だったというのに。

「俺はお前の助けになってたか？」

シエスタの背中に尋ねた。あの頃、なにも知らなかった俺はどれぐらいシエスタの支えになれていたのか。対等に歩けていたのか、その隣を。

「今さら不安になった？」

「ただの雑談だ」

俺の強がりにシエスタはふっと笑う。

「あの三年間で私は君を手放さなかった。その事実をどう解釈するかは、君次第だよ」

「それは、つまり……」

「さて、と」

シエスタは俺の言葉を待たずに立ち上がった。

「まだ簡易的な結果だけど、今のところ異変はないね」

「……良くも悪くも、ってところか」

この前もシエスタは一人で調査に行った後、同じようなことを言っていた。世界の記録を取り戻したところで、やはり変化はないらしい。

「それでも地球上にユグドラシルの種子が生い茂り始めたように、世界はおかしくなってるはず……だよな？」

「うん。だとするとこれも、地球そのものの意志なのかもしれないね」

シエスタは目の前に広がる湖を見つめながら言う。

「《調律者》の使命は世界のバランスを取ることのはずだった。でも私たちは多分その役割から降ろされた。それが原因なのか結果なのかは分からないけど、この地球は自らの意志によって終わりを迎えようとしているように感じる」

「……そんな、馬鹿な」

まさか、《連邦政府》もそれを分かった上で、世界を諦めようとしているのか？

すでにアカシックレコードが機能不全に陥り、もはや《調律者》が世界を救う力を発揮できないことを知っているから。――だとすれば。

「俺がアベルに奪わせたからだ」

シエスタの《意志》を取り戻すためにあの時、アベルに世界の仕組みを明け渡した。

「俺のせいで、世界は」

風が吹く。

風の音しかしない時間がしばらく続いた。


「朝が来るよ」


群青色に染まっていた視界に、オレンジ色の光が溶けていく。

なにも遮るものがない、遥か先まで広がる一面の湖。数センチしかない浅い水面は、噂の通り鏡のように空の色を映し出す。

「大丈夫」

水面を駆ける音がした。

朝焼けを映した天空の鏡で、白銀色の天使が踊るように跳ねる。

「私が、君の選択が間違っていなかったことを証明しよう」

他に誰もいない、誰も聞いていない。

俺と彼女だけの世界で、その誓いは交わされる。

「君が救った隣人が、必ずこの先世界を救う。そうして君は正しかったと、その隣人である私が証明しよう」

鏡の湖面に空が動く。群青の雲と陽光が足元をゆっくり、ゆっくり流れていく。俺はそんな空の上に足を踏み出し、天使のもとへ向かう。

「早起きの理由はこれだったか」

今度こそ、正真正銘その隣に並び立とう。

俺たちは笑みを交わし、遠い空の果てを共に見つめた。

◆革命前夜

珍しく早起きだった俺たちは、その後すぐにホテルを発った。また次の《観測点》に向かうのか。そう尋ねたところシエスタの回答は、

「ちょっと会わなきゃいけない人がいてね」

そんな風に俺に隠して物事を進める雰囲気はむしろ懐かしい。《黒服》の車で山を下り、そのまま南西に移動する。

「その相手って敵か？　味方か？」

「うーん、なんとも言えないかな」

後部座席でシエスタは難しい顔をして答える。どうやら少しばかり気合を入れて向かうべき現場らしい。

「ちなみに君って海外保険入ってる？」

「怖い確認をするなよ」

「大切な人にはちゃんと自分の思いを伝えておくんだよ？」

「本当に俺はどこに連れて行かれるんだ！」

何度か休憩を挟みながら十時間以上移動を続け、国境線付近の街へ辿り着く。背の高いビルはほとんどない郊外。ある古びた建物の前で車は止まった。

「だいぶ物騒な街みたいだな。建物にも道にもそこら中に弾痕がある」

「大きな世界の敵がいなくなっても、人の悪意と加害は消えてなくならない。世界はまだ平和なんかじゃない」

行こうか、と。シエスタはトランクを開け、銀色のアタッシュケースを取り出す。中身は言うまでもない。俺も鞄を片手に、シエスタに続いて目の前の建物に入る。

そこは小さな診療所だった。ということは、シエスタが誰に会いに来たのか、大体予想がつく。その人物は、診察室でパソコンのキーボードを叩いていた。

「スティーブン」

例によって過去の記憶を振り返ったばかりだからつい先日話したような気もするが、実際に会うのは一ヶ月ぶりぐらいか。あの《聖還の儀》の際、ブルーノに密かに手を貸していたスティーブンは《革命家》、《名優》と共に俺にコンタクトを取ってきていた。

「まだ《原典》は持っているか？」

スティーブンは手を止めて俺に尋ねた。あの時と同じ。《聖還の儀》を中止させることを目的に、俺からそれを回収しようとしていた。

「今でも欲しいのか？　これが」

あの日以来ずっと持っている《原典》を俺は鞄から取り出す。ある大きな選択が迫った時にのみ未来を見せてくれる謎の書物で、元は《巫女》であるミアの持ち物だったが、彼女自身の手によって俺に引き渡されていた。

「助手。それをスティーブンに渡して」

思いがけずシエスタが俺に促した。

「……いいのか？」

「それが今日この約束を取り付ける条件だったから」

やれ、いつの間にそんな取引を。仕方なく俺が《原典》を手渡すと、スティーブンは矯めつ眇めつ観察する。が、当然ながら《原典》がなにか効力を発揮する様子はない。

「俺が触れても反応しないぐらいだからな」

一度だけ俺はその力を借りたことがあるが、以降は一度も機能していない。正直、そろそろミアに返してもいい頃だろうとは思っていた。

「もしかすると、もう本来の役目は終えたのかもね」

シエスタがそう分析すると、スティーブンも。

「《特異点》に本来の力を取り戻させることが目的の道具だった、といったところか。未来視に関してはあくまでもその際の副次的な効果だろう」

そういえば昔、リルと《百鬼夜行》という危機に関わっていた時に、《白天狗》という名の怪異が言っていた。世界には、過去や未来を記録するための装置が幾つかあると。たとえば《聖遺具》もそうだったが、この《原典》もその一つだったのかもしれない。

「さて、白昼夢。なぜ僕に会いに来た？」

スティーブンは俺に《原典》を手渡し、本題に入る。

シエスタは軽く息を吸って口を開いた。

「むしろ私があなたに尋ねたい。スティーブン、あなたはここでなにをやっているの？」

異国の小さな診療所。ここでなにをしているかといえば、医師としての活動しかないだろう。国境を越えてスティーブンは多くの人々の命を救っている。でも、シエスタが訊きたいのは恐らくそういうことではない。

「スティーブン、あなたはブルーノさんの同志だった。たとえば同じように遺志を継いだ《暗殺者》は失われた世界の記録を取り戻そうと動き、今も上の人間たちとコンタクトを取ろうとしている。──じゃあ、あなたは？」

眼鏡の奥でスティーブンの瞳が薄くなる。

「他にも《革命家》や《名優》は？　あなたたちは一体なにをしているの？　──いや、本当はなにをしようとしていたの？」

シエスタのその口ぶりは、スティーブンたちにはなにか特別な企み(たくら)があり、しかしそれがすでに失敗に終わっているとでも言いたげだった。

「探偵の悪い癖だ。初めに外堀を固めるように事実を列挙し、すでに出ているはずの結論をこれ見よがしに先延ばしにする」

まったく時間の無駄だ、と効率主義の医者は再びパソコンの電子カルテに向き合う。

「言われてるぞ、シエスタ」

「別にいいけど？　探偵のロマンを分かってない人はなにをやってもダメだから」

真顔でめちゃくちゃキレていた。一応お前の命の恩人だぞ、この医者。

「じゃあ俺が代わりに訊いてやる。シエスタ、つまりお前はなにが言いたいんだ？　《発明家》や《革命家》や《名優》にはどんな企みがあったと考えている？」

俺は助手として都合のいいセリフを挟む。するとシエスタはこくりと頷(うなず)き、俺も予想していなかった仮説を口にした。

「あなたたちは、ブルーノさん亡き後、アカシックレコードを手中に収めようとした。彼の遺志を継ぐと見せかけて、世界中の誰もがそれを忘れたのをいいことに」

スティーブンは無言のまま。それでもシエスタの推理に耳を傾けてはいる。

「けれどアカシックレコードを搭載した《システム》は、もう昔のように利用できるものではないことが分かった。だからそれを諦めて、あなたはこうしてただの医者に戻ったんじゃないの？」

アカシックレコードは使い方次第で世界の仕組みを変えられる。

事実、かつてアベルもそれを企んでいた。シエスタはスティーブンたちも同様のことを行おうとしていたのではないかと考えていたのか。

「けどシエスタ。スティーブンだって昔、アカシックレコードの放棄を認めてただろ。《調律者》全員がその意志を持ったからこそ《システム》を破壊できたはずだ」

「あの時は、ね。でもそれは打算があった。君も当時推測していた通り、アカシックレコードさえ消えれば《世界の危機》はなくなると、彼らも期待していたんだよ。だけど話はそう簡単じゃなかった。アカシックレコードがなくなっても、望む世界は訪れなかった」

しばらく静寂の時間が続いた。次に口を開くべきなのは誰なのか、ここにいる誰もが分かっていて、その時を待った。

「《革命家》妖華姫はとある国の貧困街の生まれ。若くして娼婦として生きていたが、揺るぎない《意志》により人並外れた美貌と話術を手に入れ、世界の政治を牛耳った。身分という概念をこの世から消し去るために、アカシックレコードを必要としていた」

ようやく喋り出したスティーブンは、ここにはいない元同志たちの動機を語る。

「《名優》フルフェイスは戦争孤児。傍から見れば異常なほどに正義の《意志》に拘り続け、気付けば自身が正義の象徴と化した。その信頼を買われ、世界各地に眠る強力な兵器のスイッチを握ることになったが、後にその矛盾に自ら立ち止まり、やはりアカシックレコードの力であらゆる兵器をなくそうとした」

誰もが理想を求めていた。意志があるがゆえ。その望みの強さがゆえに、まだ見ぬ禁忌に追い縋る。アベルとの差なんて、ほとんどない。

唯一違ったのは、《革命家》も《名優》も一度は待ったこと。アカシックレコードというパンドラの箱に手を伸ばさず、むしろそれを捨てることで理想は叶うのではないかと。けれど、世界は変わらなかった。貧困も暴力も戦争もなくなりはしない。世界の知、ブルーノ・ベルモンドが最後まで訴えていたことだった。

「だから、またアカシックレコードを必要としたんだな」

世界を変えるために、もう一度。《意志》を確かな力に変える《システム》を。

「でも、それはもう叶わない」

シエスタが小声で呟(つぶや)いた。

すでに《システム》は光を絶やし、大半の力を失っている。

「ああ、だから僕たちをこれ以上警戒する必要はない」

スティーブンは、俺たちの足元に置いてあるアタッシュケースを見て言う。

それは事実上、俺たちの仮説を認めているようなものだった。シエスタはこのことを確認するためにここを訪れたのか。誰が敵で誰が味方か、それを見極めるために。

「じゃあ、スティーブン。あんたはアカシックレコードで、なにをしたかったんだ？」

たとえそれが叶(かな)わぬ望みだとしても。ブルーノの本意を裏切った以上、それぐらいのことは明かすべきだろう。そう思って俺が尋ねた、その時だった。

「一応、準備はしてきてよかったみたいだね」

シエスタが短銃を構えて後ろを向いた。銀色のアタッシュケースは分かりやすいフェイク。小回りの利く武器は懐に隠していた。

さて、背後を取ったのは《革命家》か《名優》か、それともまだ見ぬ敵か。俺は振り返り、その光景に驚く。

「……子ども？」

十歳ぐらいの少年が、震える手で銃を握っていた。シエスタも思わぬ小さな襲撃犯に、少し目を丸くする。

「今の話とはまったく無関係の来客だ」

するとスティーブンはゆっくり椅子から立ち上がる。そして俺とシエスタにだけ伝わるように日本語で言う。

「先日、あの子の父親が強盗に襲われて殺された。が、揉み合いになった際に犯人も重傷を負ってこの病院に搬送された。僕はその手術を引き受け、命を救った」

……ああ、そういうことか。

短い説明だが、今起きている事態を理解するには十分だ。つまりは復讐。自分の父を殺した犯人をあろうことか救った医者に対して、あの子は銃を向けている。

「僕が話す」

スティーブンはそう言ってシエスタに銃を下げさせる。そして、いまだ銃口を彷徨わせている少年の前に立った。

「復讐はなにも生まない、とは僕は言わない。だが、僕には人の命を救うという使命がある。それは善人であろうが悪人であろうが関係ない。僕は医者だ。医者とはそういう生き物だ。今日だけでもこの後、七人の命を救う予定がある」

相手が子どもだろうとその哲学は曲げず、ただ膝だけは折って目を見て伝える。

「繰り返すが、復讐はなにも生まぬとは僕は言わない。だからいつか僕が医師を辞めた時、それでも君がまだこの銃を持っていたら、その時また来なさい。僕が救えるすべての命を救った後、この銃弾に斃（たお）れよう」

しばらくの静寂があった。少年は、涙を拭って走り去った。

「スティーブン」

シエスタが、その白衣の背中に話しかける。

「あなたがアカシックレコードで叶（かな）えたかったことって――」

「――白昼夢」

スティーブンは言葉を遮って振り向いた。

「僕は元《発明家》として、君たちに一つ伝えておくべき情報がある。明日の朝、もう一度ここへ来るといい」

七件の手術が終わった後に、と。

珍しく薄く笑って白衣を翻した。

俺たちが見た、スティーブンの最後の笑顔だった。

◇氷の大国と虚空の歴史

「あと一時間ほどで到着のようです」

部屋のドアをノックして入ってきた大神さんは、間もなく船が目的地に着くことをあたしに知らせた。丸一日以上いた海の生活も、ようやく終わりらしい。ベッドで寝転んでいたあたしは、読んでいた文庫本をパタリと閉じる。

「ありがと。じゃあ、もう少ししたら準備しないと」

大神さんと共にシャルを探す旅。何度も候補地のハズレを引いて、あたしたちは今また次の国へと向かっていた。

「冷えるので、服装は十分気をつけてください」

「うん。……今度こそ会えるといいけど」

シャルと連絡が取れなくなってから約一ヶ月。彼女がどんな窮地も乗り越えてきたエージェントであることは知っている。でも、君彦たちが言うように今この世界がまだ《大災厄》の渦中にあるのだとしたら、一刻も早くシャルの無事を確認したかった。

「大神さんも、協力ありがとうございます」

改めてあたしは元助手代行の彼に頭を下げる。大神さんがいなければ、シャルを探す手掛かりすら掴めなかった。

「あくまで公安の仕事ですよ」

そう言いながら大神さんは煙草を取り出そうとして、思いとどまったようにその手を止める。あたしに気を遣ったのだろうか。

「素直じゃないですね」

「なんのことやら」

大神さんは分かりやすく惚けながら、耐熱用の水筒からスープを用意し手渡してくる。

「熱いのでお気をつけて」

「絶対誰かさんにはできないムーブだ」

どこかの冴えない青年の顔を頭に浮かべながら、カップにふーふーと息を吹きかける。

「そういえば、大神さんはどうして今も公安警察を？」

あたしはスープを啜りながらなんとなく尋ねる。

約一年前、世界は平和になったと思い込まされ、大神さんは《執行人》を退任した。それでも彼はこうして、正義の味方と言われる職業に再び就いている。

「あなたが探偵を続けている理由と同じですよ」

大神さんはさらりとそう答え、あたしは「確かに」と笑った。

「じゃあ、大神さんが公安を辞める日まで本名を教えてもらえることもないかな」

政府の紹介で初めて彼に会った時、渡されたシンプルな名刺には「大神」とだけ書かれていた。当然あたしは下の名前を尋ねて、でもそれは教えられないと言われてしまった。それは彼の公安警察という特殊な立場によるもの。だから本当は「大神」という苗字すら、ただのコードネームのようなものなのかもしれない。

「自分に、名などありませんよ」

するると大神さんは壁に背を預け、珍しく微苦笑を浮かべる。

「孤児ですので。あるのは偽物の名だけです」

「……そう、なんだ」

彼のその言葉の真意があたしには分かった。恐らくそれは戸籍がないというわけではない。本当に名前がないわけではない。でもその名前は個人を識別するためにシステム上、誰かが便宜上与えた名でしかなかった。

つまり、昔のあたしと同じだった。たとえば誰かが役所で作った名前も、施設の大人たちがつけたあだ名も、どれも自分に馴染むことはなかった。そのどれもが、あたしにはただの記号にしか聞こえなかった。

「じゃあ、いつかあたしが一緒に考えてあげる」

だからあたしは、大神さんに提案をする。

カップの中のスープはまだ温かい。

「あなたの名前、一緒に考えてあげる。もし、必要な時が来たらさ！」

遠いあの日、あたしも親友からこの名を貰ったように。

「……ええ、その時は頼みます」

大神さんは、ふっと笑って部屋を出た。

一時間後、船は目的地の港湾に辿り着く。下船したのはあたしと大神さんの二人だけ。長い橋を渡って、あたしたちは入国する——このミゾエフ連邦に。

「検問所とか、ないんだ」

パスポートを預けた覚えもない。でも橋を渡ってすぐ、あたしたちはもうミゾエフ連邦国家に足を踏み入れていた。

「本当に、誰もいない」

比喩ではなく、辺りにはまったく人の姿がない。まるで映画の撮影のために作った巨大なセットのよう。でも、それは事前に大神さんに聞いていた通りのことだった。

「ええ、冗談ではありません。ミゾエフ連邦は、仮想国家です」

隣で大神さんが、白い息を吐きながら言った。

歴史上、幾度も世界大戦の被害を最小限に防ぎ、それだけでなく豊富な資源とそれを生かした貿易により、経済的にも世界のリーダーとしての役目を果たしている大国——ミゾエフ連邦。それがあたしたち普通の人間にとっての常識だった。でも。

「世界を一つにまとめるには、そういう絶対的な強さを持った作り物の国家が必要だったわけです」

大神さんは「行きましょう」とあたしを促しながら、さらに歩いていく。

「絶対的な正義、歪まない国際基準。そういった概念に頼らなければ、我々は簡単に迷ってしまう。迷いが生じたが最後、人は必ず持ち前の悪意に流される──その先に待つのは《世界の危機》です」

「……だから、正義の仮想国家としてミゾエフ連邦は構想されたってこと？　体よく世界中の国民を騙して、それでも仮初の平和を守るために」

でもそんな大規模な……世界の数十億人を騙すようなことが本当に可能なのだろうか。UFOの存在を秘匿する航空宇宙局じゃあるまいし。

「歴史とか公民の授業でも習ったのに。ニュースでだってよく報道されてるし……」

「ええ、自分も昔は信じていましたよ。ですが、今なら分かる。それらはすべて《システム》が作り出した虚空の歴史です」

──ああ、そっか。虚空暦録。

あたしたちは、ずっと偽物の歴史の中で生きてきたんだ。

「南極大陸。それがこの地の本当の名です」

元はただの氷の陸でした、と大神さんは言う。

「どうりで極寒なわけだ……」

「このセットのような街の反対側は、今でも氷だらけのようですよ」

あたしたちは厚い外套で寒風を防ぎながら、すぐそこに見えている背の高い塔のようなビルを目指す。大神(おおかみ)さん曰(いわ)く、あそこで政府関係者と会う予定を取り付けているらしい。

「でも、よくコンタクトが取れましたね」

ここに船で乗り付けられたのもその約束があったからに違いない。君彦(きみひこ)やシエスタは、高官となかなか連絡がつかないと言っていたけれど。

「そういう面倒事をやってのけるのが、優秀な助手の役割なので」

「うわあ、君彦が聞いたら顔真っ赤にして怒りそう」

そうしてあたしたちは建物に入る。空っぽのオフィスのような内装。相変わらず人はいないもののインフラは整備されているのか、電気は通っている。

「本当にこの土地にシャルはいるのかな」

「あくまでも可能性ですが、かのエージェントが政府へのテロを本当に企(たくら)んでいるとすれば、このミゾエフ連邦に足を運ぶことは十分考えられるでしょう」

一応準備を、と。大神さんはあたしに銃を手渡してくる。

「まさか、シャルはあたしたちと政府高官のコンタクトを狙って？」

「念には念を、です」

いつもの大鎌を背負った大神さんはあたしを連れてエレベーターホールに向かい、上へ向かうボタンを押す。

「久しぶりでしょうが、銃のレクチャーは必要ですか？」

「たまに冷静になるんだけど、あたし女子大生だよね？」

あたしたちは、それなりに緊張感は保ちつつも雑談を交わしながらエレベーターに乗り込み、やがて最上階へ辿り着く。ここが政府関係者との約束の場所らしい。

「いい景色」

思わずあたしは呟いた。そこはどこか展望台のようで、ガラス張りの窓からは遠くが見渡せる。人のいない街にはそれでも公園があって、劇場があって、団地がある。仮想国家としてのモデルケースなのだろう。

「──あれ？」

けれどその時、ふと違和感がよぎった。

具体的になにとは言えない。たとえば街の周囲が海に覆われていて、そこには巨大な流氷が流れていること。でもそれは、ここが元は氷の大陸であることを踏まえればきっと当然のこと。だとしたら、なんだろう。この違和感の正体は一体──

「名探偵！」

大神さんの叫び声が聞こえた。

振り向く。白い仮面を被った男たちが武器を手に押し寄せてきていた。

「テロリストは《連邦政府》の方だ！」

◆Leveler Slayer

翌朝、約束通り診療所を訪れた俺とシエスタがまず見たのは、ガラスがバラバラに砕け散った玄関だった。どちらからともなく視線を交わし、銃を構える。

そうして警戒しつつも足早に昨日の診察室へ向かう。互いに頷き、俺が扉を開けた瞬間シエスタが銃を中へ向けた。――シエスタが珍しく驚いたように固まった。慌てて俺も診察室へ足を踏み入れる。

「スティーブン……！」

そこにいたのは、血だらけで項垂れている発明家だった。壁に背を預け、手足を放り出して座り込んでいる。胸部から腹部にかけての激しい裂傷、白衣は赤黒い血に染まっている。遠目にも生きているようには見えなかった。

「一体、誰が」

真っ先に頭によぎったのは、昨日ピストルを持って現れた少年だった。

だがあの子どもがこんな惨状を作り出せるとは思えない。少なくともこの傷跡は銃弾によるものではないだろう。

「助手」

真っ先にスティーブンに駆け寄っていたシエスタが俺を呼ぶ。

「微かに息がある」

「っ、本当か!」

血溜まりを踏まぬようにしながら近づく。スティーブンの脈拍を確認しながらシエスタが小さく頷いた。まだ生きている、と。

「でも当然このままじゃ危ない。早く処置をしないと」

「ああ、早く病院に……」

とはいえ、ここがその病院だ。そしてこんな時に頼れる神の手を持つ医者こそ、今ここで倒れている。一体どうすれば……。

「助手、静かに」

シエスタが口の前に人差し指を立てた。

耳を澄ますと微かに足音が聞こえてくる。警戒しつつ振り返るとそこには、ダークスーツを着た男たちが何人も並んでいた。

「《黒服》か……」

恐らく、スティーブンの身になにかあったら自動的に彼らが駆けつける仕組みになっていたのだろう。確かブルーノも生前、似たような保険をかけていたと聞く。

「一旦あいつらに任せるしかないか」

「うん。きっとこういう時の搬送先も決まっているはず」

俺は立ち上がり、シエスタもすぐ後に続いた。

「シエスタ？」

だが診察室を出る直前。シエスタは散乱しているデスクの上を数秒見つめていた。そこにはどこかの街の図面のような一枚のスケッチがあった。

「ううん、行こう」

シエスタは小さく首を振り、俺たちは重い足取りで外へ出た。


そうして診療所を離れた俺とシエスタは、一度宿泊先のホテルへ戻った。今し方の事件について話し合うため、人の少ないラウンジで腰を落ち着ける。

「……まさか、こんなことになるとはな」

椅子に深く腰掛け、俺はだらっと天井を見上げる。

果たしてスティーブンは無事だろうか。そもそもあいつを治療できる人物などいるのだろうか。確かスティーブンは自身の肉体を一部、機械化していた。普通の病院に運ばれたわけではないだろう。

「シエスタ、今回の件どう思う？」

一体誰がスティーブンを襲ったのか。なぜ殺されかけるような事態に陥ったのか。

「監視カメラの類はなかったから推測していくことしかできないけど」

シエスタはさっきまでいた現場を思い返すように言う。

「前日の夜中は雨が降ってた。現場にはいくつも足跡があったはずだけど、昨晩あそこを訪れた足跡は特定しやすいと思う」

「シエスタは、犯行は昨日の夜のうちだと？　それにしては《黒服》の到着が遅かった気もするけどな」

スティーブンは自分の身に危険が生じたらすぐに《黒服》とコンタクトが取れるよう手配をしていたはず。だが実際は、俺やシエスタの方が早く着いたわけだ。

「そこは確かに引っかかるね。考えられる原因としては《黒服》側にもなんらかの問題が生じていた、とか」

「偶然、とは言いたくないな。犯人像はどう見る？」

「診療所の玄関は激しく壊されていた。顔見知りの犯行じゃない。普通は強盗を疑うところだけど……スティーブンがそんな物盗り(ものと)の一般人なんかに後れを取るとは思えない」

「ということは……犯人は《調律者》と互角以上に戦える実力者。それもスティーブンを殺害することそれ自体が目的だったと？」

一体なにが起きている？　俺たちが昨日、診療所を去ってから今朝までの半日の間に、誰がスティーブンを……。

「助手、電話」

シエスタに言われて、テーブルの上のスマートフォンが鳴っていることに気付く。正直この今の状況で、あまり電話に出る気にはなれなかった。

「女の子かもよ」

「お前は俺をなんだと思ってる」

仕方なくスマートフォンを手に取る。そこに表示されていた名前を見て、俺はすぐに通話ボタンを押した。

「ノエルか？」

相手が可愛(かわい)い女の子だったから、じゃない。俺たちはずっとノエルからの連絡を待っていた。政府高官とのコンタクトを彼女に依頼していたからだ。

『ご連絡が遅くなってすみません』

電話口でノエルは謝ると、さらに小さく息を吸うのが分かった。

『そしてもう一つ謝罪を。この電話はまず、緊急の別件によるものです』

悪いニュースであることは、その声色で十分伝わる。俺は電話をスピーカーモードにしてシエスタにも聞かせる。

『《革命家》妖華姫(ようかき)と《名優》フルフェイスが昨晩、何者かに襲撃されました』

シエスタと一瞬、視線が重なる。

最悪な事態が起きたと、言葉を交わさずとも伝わった。

「二人の容体は？」

『……重体、とだけ』

つまりは予断を許さない、と。スティーブンと同じだ。

「そうか。もしかして、こっちの状況も情報は入ってるか？」

『はい、先ほど。これで三名の《調律者》が、何者かによって殺害を企図されたことになります』

同時多発的な調律者狩り。さっきまでの推理では、犯人はスティーブン殺害に拘(こだわ)っているものと考えていたが、こうなると話は変わってくる。スティーブンだけでなくこの三人が狙われた理由を考えなければならない。

「被害者の共通点で真っ先に思い浮かぶのは……《連邦政府》に楯突(たてつ)いたメンバー、か」

そう考えると《暗殺者》加瀬風靡(かせふうび)もその枠に入るだろう。

あるいは《黒服》の一部も、か。

「助手。だからと言って、敵が《連邦政府》側だと決めつけるのは早計だよ」

「ああ、分かってる。だったら具体的に犯人は誰かということにもなるからな。三人もの《調律者》をここまで追い詰められる刺客を《連邦政府》は本当に抱えているのか」

『それに関しては、君彦(きみひこ)様』

するとノエルが電話口で割って入った。

『実のところ、《連邦政府》はかつて退役した《調律者》を傭兵として雇用しているという噂があります。……わたしは高官と言ってもお飾りの立場ですので、その辺りの事情に詳しくはないのですが』

……なるほど。殉職することも《世界の敵》に堕ちることもなく、英雄であり続けた歴代の《調律者》たち。そんな彼らが敵に回ったのだとすると……。

「さすがに私たちも気が抜けないね」

「ああ、後でミアたちにも連絡を入れとこう」

次にいつ誰がターゲットになってもおかしくない。

しばらく、無言の時間が続いた。

『それから、例の件に関してもご報告を』

と、ノエルが議題を移す。例の件、ということは元々俺たちが依頼していた《連邦政府》高官らとのコンタクトの件だろう。

『実はあの《聖還の儀》以降、わたしも他の高官の方々の姿を見ていないんです。……もしかするとですが、上の人間は皆ミゾエフ連邦にいらっしゃるのではないかと。長らく彼の国は仮想国家と言われておりましたが、最近は頓に開発が進んでいると聞きます』

「……ちょっと待て。仮想国家？　なんの話だ？」

なんだか急に聞き流せないワードが湧いてきた気がする。

「助手、そこに拘ってると話が進まないから後でね」

「また俺だけ置いてけぼりか？」

おかしい、最近はこういうことも減ってきていたのに。

「ノエル、私たちはミゾエフ連邦に行けるの？　あの場所こそ、余程のツテがないと入国できないはずだけど」

『……やってみます。実はつい先日、近くの海域を客船が通過したという話を耳にしました。寄港したか否かは分かりませんが、わたしたちも申請を出してみる価値はあるかと。たとえば、今回の事件の調査を名目にして』

「そうか。もし拒否すればそれはつまり、《連邦政府》側にやましいことがあると言っているようなものになる」

ある意味脅しのような仕草だ。敵が手練れである可能性は高いが、もうなりふり構ってもいられないだろう。

「ノエルにも迷惑を掛けるな、悪い」

『……いえ。わたしはなにも』

おじい様には遠く及びません、と。ノエルは声を小さくする。

「ブルーノも、可愛い孫娘に無理して一足飛びに追いつけだなんて思ってなかっただろ」

別に励まそうというわけでもない。ただ、俺が知っているブルーノ・ベルモンドについてノエルに語る。

「多分、あの男だったらこう言うはずだ。今なにを知っているかよりも、これからなにを知ろうとするか、その意志の方が大事だって」

電話の向こうで一瞬、息を呑むような間があった。

『ありがとうございます』

顔は見えない。それでもノエルは、深く頭を下げているような気がした。

「前みたいに兄さんって呼んでくれてもいいぞ？」

『素敵な提案ですね。妹、兄のためならなんでもやりますよ』

ノエルは最後にくすっと笑って『それでは』と電話を切った。暗く沈んでばかりもいられない。俺は自分の顔を叩いて気合いを入れ直した。

「…………」

「…………なぜそんな瞳で俺を見つめる？」

なんだか呆れたようにジト目をくれていたシエスタは「別に」と言って立ち上がる。

「私はやることがあるから、君は君でやるべきことをやっておいて」

「相変わらず指示が雑だな」

俺が愚痴を吐くと、シエスタはピタッと立ち止まって振り返る。

「なにか文句でも？　お兄様」

◆可惜夜(あたら)のシンデレラ

それからシエスタは本当に俺を置いて一人でどこかへ向かった。

だが昔から俺たちはこうだった。それはよく言えば信頼の証(あかし)。シエスタが不在の間、俺は自分がやるべき仕事を果たす。まずなにより、今回の《調律者狩り》とでも呼ぶべき事件について、身の回りの人間に知らせなければならなかった。

すぐに連絡がついたのはミア、リル、斎川(さいかわ)の三人だった。ミアはやはり《巫女(みこ)》としての力が戻っておらずこの危機を予言できなかったことを悔い、リルも《魔法少女》を実質引退した状態のため力になれないことを謝った。そして斎川は今やこうした世界の裏事情とは距離を置いてアイドルとして活動している。《連邦政府》と直接対立しているわけではない彼女たちに、今さら危険が及ぶとは考えたくはなかった。

だがミアとリルは「自分たちに今後できることがあればなんでもする」と助力を申し出てくれ、斎川は「わたしはいつでも皆さんが帰って来られる日常を守っておきます」と心強い宣言をしてくれた。ちなみに今は斎川家のメイドとして働いているノーチェスからも伝言があり「両手に探偵の手を握っておきながら負けることは許されませんよ」となぜか一番手厳しく叱られた。

と、そんな風に仲間たちと連絡を取りながら。またノエルとも引き続き今後の方針を話し合いながら、シエスタが戻ってくるのを待った。

半日ほど経ち、シエスタから用事が終わったとの連絡が来る。俺は宿泊先のホテルのバーにいることを告げ、度数の低い酒をカウンターで飲みながら到着を待った。

「お待たせ」

探偵は、えらくめかしこんだ姿でやってきた。肌を少し見せるワンピースに、耳と首元には普段はつけないアクセサリー。髪もいつもよりふわりと浮いていて、いつもよりハッキリしたメイクは少女ではなく大人の女性のものだった。

なんでそんな格好をしてるんだ、と尋ねるのはなんだか無粋な気がして、その代わりに誰と会って来たんだ、と俺は尋ねた。

「ドラクマだよ」

シエスタは俺の隣に座りながらさらりと言った。

「スティーブンの手術を頼もうと思ってね。まあ、私が会いに行くまでもなく、彼もこっちに向かってたんだけど」

なるほど、《黒服》だけでなくドラクマにも連絡が行くようになっていたか。スティーブンの下で働いているとは聞いていたが、今でもそれは変わっていなかったらしい。

「長い手術になるみたい」

「闇医者を救えるとしたら闇医者だけ、か」

元々は《SPES》の研究員として働いていた科学者。思うところはあるが、あいつにしか救えない命はあるだろう。

「……でも、なんでドラクマと会うのにオシャレをする必要がある？」

あの男が昔、シエスタや渚に研究所でなにをしたのか。それを考えれば、シエスタだって積極的に会いたい人間ではないはずだった。

「だからこそだよ」

シエスタの横顔は薄く微笑む。

「私はあなたには負けなかった。大人になってこんなに綺麗になったって。ドラクマに対してっていうよりも、もっと大きなものに対して喧嘩を売りたくなって」

逆に子どもっぽかったかな。

シエスタはそう笑って、青い瞳を俺に向けた。

「いや、そんなことはない」

俺は彼女の顔を見つめて言う。

「綺麗だ」

それだけはちゃんと言葉にすべきだと思った。

シエスタは少し驚いたように瞳を丸くし、それから柔らかく目尻を下げた。

「私も飲もうかな」

「ノンアルな」

分かってるってば、と若干不満そうにしながらオーダーをする。

「結局スティーブンの意識が戻らない限り、事件の真相は分からないよな」

俺は改めて今回の《調律者狩り》について話を振る。《発明家》だけでなく《革命家》も《名優》も意識不明とあっては話を聞くことができない。

「うん。ただ気になるのは、スティーブンが私たちに前日なにかを伝えようとしていたこと。もしかしたら今回の件と関係があるのかも」

ああ、確かに別れ際に言っていた。元《発明家》として伝えておくべき情報があると。まさか口封じ、なんてことは……。

「今朝、診療所の机に、どこかの街の図面があったんだよね」

シエスタが、運ばれてきたグラスに口をつけながら言う。

「ああ、そういえばなんか見てたな。それがどうした？」

「具体的にどうした、とはまだ言えないんだけど。街が浮いてたんだよね、海に」

「それは……街というか、島だったんじゃないのか？」

「そう、だね。そうとも言える」

でも、と。シエスタはグラスの縁を見つめながら考え込む。まだなにか引っ掛かっているのか。だが答えはすぐに出ないのか、諦めてグラスに口をつけた。

「さっき、ノエルから連絡が来た。行けるらしいぞ。ミゾエフ連邦に」

ついでに気になっていた仮想国家とやらについても教えてもらった。……正直、簡単に飲み込めるものではない。俺が知らなかった世界の真実がまだそこにはあった。だが、ちょうどいい。その正体を実際にこの目で見てくるとしよう。

「それに渚（なぎさ）と大神（おおかみ）もそこに向かってるらしい。電波が通じにくいのかレスポンスは遅いが」

「そっか。じゃあ、もしかするとシャルも」

「ああ。今回の事件も含めて、全部の決着はそこでつくかもしれない」

一年以上前から終わることなく続いていた《大災厄》も、ようやく。

俺はグラスに残っていた酒を一気に呷（あお）った。

「君だってお酒強くないでしょ。人には注意するくせに」

「俺は、あれだ。確かに顔は赤くなるが、別に酔っちゃいないからな」

「へえ、たまに飲み過ぎてトロンとした目で私の名前を連呼してくることあるけどね」

……そんなことあっただろうか。あったかもしれない。いや、割とある。ひょっとして最も禁酒すべき人間はこの俺か？

シエスタはふっと微笑（ほほえ）みながらノンアルコールのカクテルをグラスで味わう。ごくりと白い喉が動き、思わず視線が引き寄せられる。

「大人になったな」

「君もね」

改めて、あの空の上でシエスタに左手を差し出されて約七年が経っていた。

「とはいえ出会ってまだ人生の三分の一か」

「今はね」

「今は？」

「いつか半分になって、三分の二になって、ほとんど全部になるかも」

心臓が跳ねる。やっぱり飲み過ぎかもしれない。俺は心の中で苦笑しながら「シエスタ」とその名前を呼ぶ。

「この事件、というか。今回の件にけりがついたら、話したいことがある」

「そういう言い方、死亡フラグすぎない？」

即座のツッコミに、俺たちは思わず顔を見合わせて破顔する。

「一応聞くけど、大事な話？」

「多分これを切り出す前日の夜は眠れなくなるぐらいには、な」

シエスタは「そう」と髪の毛を耳にかけながら、俺の顔を見つめて微笑んだ。

「楽しみに待ってる」

【Side Charlotte】

牢獄(ろうごく)と呼ぶには何不自由ない空間だった。

火の灯(とも)った暖炉に、立派なベッドとソファ。トイレやシャワーも完備されていて、一日三度の食事も出る。電子機器は使えないけれど、支給された本は読める。

とある施設に作られた、ワタシのためだけの部屋。

ここには保証された自由がある。ただそれでもこの部屋が牢獄なのは、ここから先にはどこへも行けないから。一枚の分厚い扉がワタシを外界から遮断していた。

「…………」

あの鉄の扉についている電子錠は内側から開けることができない。食事を運ぶ看守が外から扉を開ける時のみロックが解除される。ただ今日はもう最後の食事を終えている。このまま誰と会うこともなく一日を終える——はずだった。

ブザーが鳴る。

それはノックの代わりの合図。ワタシがなにも反応しないでいると、やがて一人の男が入って来る。白いローブを着た《連邦政府》高官。仮面は被(かぶ)っていない。それは今さらワタシに素性を隠す必要がないからだった。

「ロト」

かつてワタシを《虚空暦録(アカシックレコード)》の眠る管制塔へ導(みちび)いた高官。——そして、十年も前に姿を消したワタシの父親だった。

「また、食べてないのか」

父は、ワタシが手をつけていない食事のプレートを見て無表情で呟(つぶや)く。

「食べなさい。それ以上痩せてどうする」

「嫌よ、なにを入れられてるか分からないもの」

それは精一杯の皮肉。本当になにも食べなかったら死んでしまう、今朝は一欠片(ひとかけら)のフルーツを食べた。自分の限界は分かっている。なるべく水分だけは取りながら、ギリギリ身体(からだ)が動く範囲で食事を抑えていた。

——一ヶ月。ワタシがこの施設に連れて来られてから経(た)った日数。手錠や足枷(あしかせ)があるわけではない。それでもどこにも行けぬまま、ワタシは自由の牢獄に囚(とら)われていた。

「アナタも暇なのね」

ソファに寝そべったワタシは再び父にそんな皮肉を吐く。

高官の仕事はないのか、と。

「今まさにその使命を果たしている。私の仕事はシャーロット、お前と話すことだ」

「話すことなんてないわ！」

大声を出す体力はあまりない。それでも、それだけは主張する。

「何度言われても乗らないわよ、《箱舟》になんて」

ワタシは《連邦政府》の手の者に拐（さら）われて、ここに連れて来られた。フウビを追っていた最中の不覚。そして、まるで誘拐の理由が分からないワタシに対して高官《アイスドール》や《ロト》はいくつかの衝撃的な事実を告げた。

それはたとえば、《虚空暦録（アカシックレコード）》と並ぶ、まだ誰も知らない大きな世界の秘密について。今この地球が陥っているある危機的な状況について。それに対する《連邦政府》の方針について。その過程で重要な意味を持つ《箱舟》について。でも、特にその後半に関しては、ワタシにとって到底許容できるものではなかった。

「なぜだ」

父は訊（き）いた。娘が首を縦に振らない理由を。

「《箱舟》にさえ乗ればすべては解決する。その先には安全と自由が保障されている。それなのになぜ……」

「なぜって、当然でしょ」

ワタシは答える。ソファのクッションの裏に隠していた——今晩、食事を運んできた看守から奪っていた銃を構えて。

「家族一つ守れない人間の言うことなんて信用できないからよ！」

彼に勝てるとは最初から思っていない。

一体いつから《連邦政府》の高官なんて座に就いたかは分からない……それでも、元最強の軍人だったこの男には正面から挑んでも敵わない。だから。

「さよなら」

銃を向けて数秒動きを封じ、外側から電子錠をロックする。これまで何度も看守がやっているのを見ていた。

そうして部屋を出ると無機質な長い廊下があった。あとは走るだけだった。

「……もう少し、ご飯食べておけばよかったかな」

いきなり足がもつれそうになる。肺に少し痛みが走った。

「マーム」

こんな時、思い浮かぶのはいつだってかの気高い探偵の姿だった。いつだってワタシはその偉大な背中を追いかけてきた。

だけど今、ワタシの胸を去来するのは彼女だけじゃない。

たとえば激情の灯火を宿したもう一人の探偵や、歌と笑顔でワタシたちの日常を守ってくれるアイドル。それに、ため息をつきながらも他人のトラブルを見過ごせない、お人好しだけど格好はつかない探偵助手。

他にもたくさんの顔が浮かぶ。仲間なんて作らないと決めていた。本当の強さは一人きりで叶(かな)うものと思っていた。それなのに今はこうだ。一人きりが心細かった。……早くみんなに会いたかった。弱さの証(あかし)だろうか。ワタシは強さを捨てたのだろうか。

「違う」

全然違う。今、ワタシが走れている理由は仲間がいるからだ。彼らの存在こそがワタシの強さの理由だった。

「絶対に、帰るから」

段々と息が白くなっていく。足も重い。でも、まだ走れる。

やがてついに扉を見つけた。銀色の機械仕掛けの扉。電子錠を銃で撃って破壊する。なけなしの力で、無機質な扉を蹴破った。

「——あ」

外の世界が現れる。豪雪の暗闇がそこにはあった。

この吹雪の中を一分も歩けば、きっと一瞬で方向感覚がおかしくなる。

分かっていたはずだった。ここが氷の大陸だと、決して逃げ場はないのだと。あの自由な監獄はただの目眩(めくらま)し。ワタシはここから先、どこにも行けない。

「負けない」

それでも気付けばワタシは氷の大地を踏みしめていた。

寒い、なんてもんじゃない。その冷気を身体(からだ)は明確に痛みとして感じる。体温は一気に奪われて、元々弱っていた身体は大きくふらつく。

一分どころじゃない。たった数歩足を前に進めただけで、吹雪と暗闇が視界を奪う。ワタシは自分の意思とは関係なく膝を折った。

「シャーロット」

すぐ後ろで誰かがワタシを呼んだ。でも、それはさっき思い浮かべた誰の声でもない。むしろ今は聞きたくない声だった。

「我々と共に《箱舟》に乗り、向かうのだ。聖域(エデン)へと」

背中の冷たさと痛みが少し和らぐ。外套(がいとう)を被(かぶ)せられたのだろう。

「なんのために、アナタはそこへ行くの？」

だからせめて、拒絶の前にワタシは尋ねた。コートを肩で羽織って、ゆっくり立ち上がる。ワタシは振り返って父に言った。

「《箱舟》に乗ってどこへ行っても、そこにノアはいないのに」

立っていられたのは、ほんの数秒だった。

彼の答えを聞く前に、再び身体が大きくふらつく。ただ、視界が真っ暗になる寸前――どこか遠くで、懐かしい銃声が聞こえた気がした。

【第三章】

◆約束されし箱舟

「ようやく会えたな、《連邦政府》」

氷の宮殿とでも呼ぶべきその建物に、政府高官らはいた。

大きな広間。奥の壇上にずらっと並んだ椅子に十数名の高官が座っている。そしてその中央には誰も座っていない玉座のような椅子が置かれていた。

「お待ちしていましたよ」

仮面を被った高官の一人が口を開いた。

アイスドール。俺たちにとって最も因縁深い政府の人間だった。

「待ってたって言うぐらいなら、もう少し早く連絡をつけてくれてもいいと思うけど」

俺の隣に並んだシエスタが、白い息を吐きながら皮肉を言う。

ずっとノエルを介してコンタクトを取り続け、今日ようやく俺たちはこの場に辿り着いた。飛行機と船を乗り継いで丸一日以上かけて、虚空の歴史が作り出したこの氷の仮想国家――ミゾエフ連邦に。

「申し訳ないとは思っています。なにぶん、我々も仕事が多いもので」

「私が言っているのは、ここ最近のことじゃないけどね」

するとシエスタは目を細め、射抜くようにアイスドールを見つめる。

「私は七年前から、あなたに招待を受けてたから」

アイスドールは沈黙する。張り詰めた空気、そんな中で俺は口を開く。

「シエスタ、どういうことだ？」

俺たちは道中、ある程度ここでの振る舞い方について作戦を立てていた。が、今のシエスタの発言は俺にとっても初耳だった。

「ん？　ああ、君は気にしなくていいよ」

「いきなり台本にないことをやらないでくれ、パニクる」

「主人公になりたいならもうちょっと柔軟にカッコよくやってよ」

と、いつものごとく肩の力を抜いたところで。

「ここまで舞台は整ったんだ。俺たちの質問には全部答えてくれるんだろうな？」

俺はアイスドールに、あるいは誰でもいい、他の高官たちに尋ねる。

室内だというのに随分と冷える。外は一歩出れば氷の大地。どうやらぐるっと回った反対側は、もう少し仮想国家としてのていを成した街並みがあるようだが、ここはまだまだ未開の氷の大陸。できれば早く本題に入りたかった。

「あなた方も、すべて思い出したようですね」

やはりアイスドールが代表して口を開いた。

「ああ。《怪盗》との戦いも、《虚空暦録(アカシックレコード)》の正体も、《大災厄》が起きたあの日のことも。けど、あんたらはどこまで記憶していた？」

果たして《連邦政府》側は、俺たちが記憶を取り戻す前からすべてを覚えていたのか。

「我々も《虚空暦録》による強制的な《再起動(リブート)》の影響を完全に免れたわけではありません。ただ、最低限その記録を復元する道具を所持していた。よって《連邦政府》として為(な)すべき仕事は明確でした」

記録を復元する道具。具体的になにかは分からないが、俺たちも使った《聖遺具(せいいぐ)》のようなものなのだろう。かの百鬼夜行の主《白天狗(てんぐ)》が、そういった道具が世界にはいくつか眠っていると語っていたように。

「じゃあ、世界は今滅びつつある——その自覚もあったということだな？」

「ええ、世界はじきに終わります。残念ながら《システム》の破壊は結果として地球の寿命を早めました。その手段として選ばれたのが、かのユグドラシル」

皮肉なことです、と。感情の籠(こも)らない声でアイスドールは言う。

「——俺たちのせいってことか」

あの日アカシックレコードを捨てる選択をした、俺たちの。引いてはその前に《特異点》の力をアベルに受け渡した俺のせい。

「責めるつもりはありませんよ」

するとと思いがけずアイスドールは俺たちの肩を持つ。

「事実あの時、あなた方が《システム》を破壊しなければ、アベル・A・シェーンベルクは間違いなくこの世界の管理者になっていたでしょう。そうすればもっと早く地球は終わりを迎えていたかもしれない」

その擁護は、どこか不自然に感じられた。確かに理論としては間違っていないかもしれない。俺の背に乗っている罪の意識も少しは軽くなる。

だが、アイスドールがこんなことを言うだろうか？　少なくとも《大災厄》のあの日、彼女はその選択が及ぼす危険性を主張していた。にもかかわらず、今こうして世界が危機に陥っていることを受け入れているのはなぜか。

「なにか保険があるんだな？」

つまりはこの災厄を打破する策をすでに《連邦政府》は練っている。だからこそその、この余裕。世界の《再起動》を受けても一定程度の記憶を保持していた彼らが、一年間なにも手を打っていないはずはなかった。

「箱舟」

シエスタが短く呟いた。

「ある日、あまりにも悪人が増えた世界を嘆いた神は、大洪水を起こして人類を一掃することに決める。けれど、どこかに正義の心を持った人間もいるはずだと一縷の望みをかけ、一艘の舟に少数の人類と動物を乗せた」

それは誰もが一度は聞いたことのある古い伝承だった。

船を作った人物の名を取って――ノアの箱舟。その船に運よく乗ることのできた人類や動物は四十日間にわたる大洪水から生き残り、新世界の新たな祖先となった。

「ねえ、アイスドール。あなた達は、その神話を実際にこの世界で実現しようとしているんでしょう？　自分たちだけが災厄から逃れるために」

なぜ世界が滅びることが分かっていて、《連邦政府》はなにもしないのか。なにもしていないように見えるのか。それは自分たちだけが……あるいは政府が選別した人類だけがこの《大災厄》から逃れようとしているから。そしてこの平和に見えた空白の一年間はその準備に使っていたのではないか。シエスタはそんな結論に辿り着いていた。

「でもその計画を邪魔しかねない存在が現れた。――《情報屋》ブルーノ・ベルモンド。《再起動》が起こった後の世界でも、彼は真相に迫り続けていた。あなた達《連邦政府》はそんな彼を含む不穏因子を炙り出すために、《聖還の儀》を利用したんじゃない？」

政府は、あの平和を謳う式典で《調律者》たちを引退させたかったのだ。たとえば《意志》による力を完全に捨てさせ、自分たちの計画を邪魔させぬように。もはや世界が滅ぶことは避けられないと分かっていたから。

「…………」

アイスドールだけじゃない。ここにいる高官全員が黙した人形と化す。だがこの場において沈黙は肯定と等しかった。

「シャルはどこだ」

こうなってはシャルの行方不明も《連邦政府》が関わっているとしか思えなかった。

「シャーロット・有坂・アンダーソンの父親は《連邦政府》高官。彼は肉親を《箱舟》に乗せる資格を有しています」

ついにアイスドールの口から《箱舟》というワードが出る。それはシエスタが言っていた通りの概念。だが探偵がそう推測を立てたのにはそもそも理由があった。

「そう、じゃあシャルはここにいるんだ」

シエスタは下を指差しながら言う。

「このミゾエフ連邦という巨大な箱舟に」

俺たちが今立っているこの国、もしくは氷の大陸の一部分――ミゾエフ連邦国家自体が海を進む巨大な《箱舟》だった。

「スティーブンが偶然残してくれてたな。この国の一部を切り取った図面を」

それは一見すると、公園や劇場や団地が描かれたとある街のスケッチ。だがシエスタはしきりに気にしていた。その街が海に浮かんでいることを。そして街には塔のような建物が描かれていた。シエスタにはその塔が、船の帆柱に見えていたらしい。

なぜスティーブンがあの図面を持っていたのか、《発明家》としてなにか関わっていたのか。いずれにせよメッセージは伝わった。

「私たちは今まさにノアの箱舟に乗っている」

しばらくの静寂の時間があった。

「ええ、その通りです」

探偵の推理は当たっていた。

「我々《連邦政府》の関係者や、表世界における政界の要人。財閥、貴族、特殊な血筋を持つ者。時間をかけて今なお乗客の選定を進めているところです」

「……貴族。ループワイズ家もそうなのか」

だからノエル・ド・ループワイズは飾りとして政府高官という役職を与えられていた。

「崩壊後の世界で誰が生き残るか、これはそういう必要な種の選別です」

――やはり。彼らの目的は《大災厄》を鎮めることではなく、《大災厄》から逃れること。世界を救う気など最早(もはや)ないのだ。

「そのためにスティーブンを殺そうとしたのか？」

他にも革命家や名優まで。この計画が彼らに暴かれそうになったから。

「いいえ。その件に我々は関知していません」

「嘘だ」

俺は銃を引き抜いた。予定より少しばかり早いタイミングだが、まあいいだろう。

「あんたらにはスティーブンを殺す動機が十分ある」

こんなふざけた《箱舟》の計画やシャーロットの誘拐まで認めておいて、《調律者狩り》だけシラを切るのはどういうつもりか。

「待って、助手」

思いがけずシエスタが俺の前に手を出した。

「実はこの件に関してだけは私もまだ確信が持てなくてね」

「嘘だろ、もう銃出しちゃったぞ。引っ込みつかないぞ、これ」

「それは知らないけど。でも、考えてもみて？　本当に《連邦政府》サイドが犯人ならスティーブンを襲った後、机に置いてあった図面は回収する気がしない？」

……それは、確かにそうだが。じゃあ、必ずしもあの件に《連邦政府》が絡んでいるとは言えないのか？

「それに、分からないことがもう一つ」

シエスタがわずかに顔を顰める。

「あなた達の言う《箱舟》に乗ったとして本当に《大災厄》からの滅びを免れられるの？　この船は一体どこに向かうの？」

神話に準えた言葉遊びなんかではなく。どういう論拠があってこのミゾエフ連邦という名の巨大な船は、地球の寿命から……ユグドラシルの侵略から逃れることができるのか。

「それを知りたければ、まずは我々の提案に乗ってください」

そうしてアイスドールはようやく、俺たちと対面を果たした理由を告げる。

「我々に従うと誓っていただければ、あなた方も正式にこの《箱舟》へ招待しましょう」

広間の壁にいくつか映像が投影される。見知った人物がそこには映っていた。

「ミア、リル……！」

「唯に、ノーチェスも……」

俺もシエスタもその映像に目を見開く。故郷にいる彼女たちの前に、仮面を被った高官が立ち塞がっていた。どこかで見たことがある姿。それぞれコードネームは《ドーベルマン》と《オーディン》だったか。

「……っ、脅しか？」

「要求を飲んでいただければ、彼女たちも救いましょう」

普通に考えれば、それは願ってもないチャンスなのだろう。滅びると決まった世界。だが抵抗せず大人しくしていれば、俺は神様が作った船に乗せてもらえるらしい。しかも仲間まで一緒と来た。こんな破格な条件は二度とないかもしれない。——でも。

「悪いけど、その提案には応じられない」

シエスタが天井に向かって発砲した。まっすぐに突き上げられたマスケット銃。それは甘い夢を振り払う号砲だった。

「私の仕事は世界を救うことだから」

それはあの塩原での誓いだった。

少女か、世界か。かつての俺の選択が間違っていなかったことにするために。少女は仲間だけではなく、世界を救うことを今選ぶ。

「私たちはこの世界を諦めない」

そしてシエスタは銃を抱えて走り出す。

無防備な《連邦政府》高官たちに、名探偵が遅れを取るはずもない。瞬きをした頃にはもうシエスタはアイスドールの目の前を跳んでいた。

「──頼みましたよ、《執行人》」

金属が激しく打ち合う音がした。シエスタの薙いだマスケット銃を、大きな鎌が弾き飛ばす。黒スーツに身を包んだ、オールバックの男が立っていた。

「大神」

元探偵助手にして現公安警察、そして《執行人》の肩書を持つ大神がシエスタの前に立ちはだかる。連絡がつかないと思ったら、そういうことか。

「渚を人質に取られてるんだな？」

「……許せ」

大神の表情が歪む。無理やり戦わされていることは明らかだった。

「どうする、シエスタ」

一度こちらに退いてきた探偵に方針を尋ねる。

「大神と戦うか、シャルや渚を助けに行くか」

「二手に分かれようか。どっちを担当したい？」

「個人的に大神には割とムカつくことがあってな。けちょんけちょんにしてやってくれ」

「あ、私がやるんだ」

まあいいけど、とシエスタはふっと微笑む。

俺はこの場をシエスタに預けて背を向けた。

「必ずすぐ戻る」

「君が戻る頃には全部終わってるよ」

◇世界と少女の中心軸

「さて、と」

助手が去って、私は改めて《執行人》大神と向かい合う。

かっちりした黒スーツに、どことなく他者を寄せ付けない表情。助手よりも背は高く身体もより引き締まっているものの、なんとなく雰囲気は似ている。助手がもう少し大人になったらこういう風になるんじゃないか、なんて。

「だとしたら、もっと笑顔は鍛えてもらわないと」

このままじゃ初対面の子どもとかには絶対懐かれない。

「一応言っておくけど、手加減はできないよ」

そう告げると執行人は目を細め、大きな鎌のような武器を握り締めた。

「どうやら俺は難しい立場に立たされたらしい。夏凪渚を守ることは使命だが、だからといってあなたを傷つけることもできない」

「随分と甘いことを言うんだね」

執行人、あなたに恨みはない。

渚を守ろうとしてくれているのも感謝する。でも。

「悪いけど、私は結構割り切れるタイプだから」

仮面の高官たちが見つめる中、私は躊躇いなくマスケット銃の引き金を引く。

「…………」

避けられた。いや、避けてくれたと言うべきか。首元を狙った銃弾は空を切って床を跳ねる。さすがに《調律者》がこれぐらいのことで死んでもらっては困る。

わずかに体勢を崩した相手に、私は一気に距離を詰めた。剣代わりに横に振るったマスケット銃は、大鎌でギリギリ防がれる。けれど小回りが利く武器ではない。密着した状態から、上段の蹴りを相手の側頭部めがけて放つ。

「大鎌って戦闘にはそんなに向かなくない？」

蹴りは彼が挙げた左腕にヒットする。狙いは外したもののそれなりの手応え。執行人は数メートル後方に引き摺（ず）られた。

「ビジュアル重視で武器を選ぶと後悔するよ？」

「はっ、それはあなたのマスケット銃もでしょう」

「……言うね」

彼の武器は先代の《執行人》から受け継いだのだったか。名前は、なんだったかな。あまり関わりがないままに先代は殉職してしまった。

そして現職の彼、大神（おおかみ）は私が眠りについている間に《執行人》に就任した。確か助手が《魔法少女》とパートナーを組んでいた際、《連邦政府》が渚（なぎさ）の助手代行として彼を選出したのが始まりだった。

でも逆に言えば私が《執行人》について知っているのはそれだけ。目覚めたらいつの間にか彼は渚や助手の知り合いで、気付けば私たちの輪の中にいた。今だって渚のために命を張って戦っている。

「なぜあなたはそこまでして渚を守るの？」

元はただの打算的なパートナーだったのがスタートだとして。

でも今は？　特別な情でも湧いた？

「余計なことを考えていると、殺しかねませんよ」

一気に距離を詰めてきた執行人の大鎌が真横に振るわれる。

「へえ、やってみれば？」

上体を反らすと、顔のすぐ上を刃と風が通過した。私は身体(からだ)を反らした勢いで両手を床につくと、そのままバク転の要領で後ろに距離を取る。

するとすぐさま大神は前に跳んでくる。銃を持っている相手にも躊躇(ためら)わない。私は体勢が整わぬまま仕方なく発砲——が、その時にはすでに相手は銃弾を見極める姿勢に入っていた。大鎌を構えたまま、左肩を内に入れて急所である左胸と顔面を防ごうとする。

「いい反応だね」

体勢が崩れていたこともあり、銃弾は左肩を掠(かす)めるだけに終わる。それでも少しは動きを止められるか、そう思った。けれどそれは甘えだった。あるいは彼をみくびっていたのかもしれない。左肩から血を跳ねさせながら、執行人の大鎌は私に振り下ろされた。

「次もまた、寸止めできる保証はできません」

大神は、私の顔ギリギリに落とした鎌を引き上げる。

鎌の柄に対する力の入り具合を見て、当てる気がないことは分かっていた。それでも、彼が本気を出したら。この後本気で私を殺しにくるなら、ギアを一段階上げたくらいでは足りないかもしれない。

私は立ち上がりワンピースの埃を落とす。最初は揶揄してしまったけれど、あの武器一本で《調律者》をやれている理由こそを考えるべきだったらしい。――そして。

「ねえ、一つ訊いていい？」

再び臨戦態勢に入ろうとした執行人に私は尋ねた。

「あなた、もしかして渚の助手代行をする前も、ずっと誰かの隣で戦っていた？」

ついさっき、彼は向けられた銃口に対して即座に左肩を入れて急所を庇おうとした。それは決して悪くはない手立て。でも彼の瞬発力があれば、最初にやってみせたようにそもそも銃弾を避けることもできたのではないだろうか。

なのにそうしなかったのは、彼にとってはむしろそれが自然な戦闘スタイルだったからじゃないだろうか。あの時、大神は左肩を入れることで自分の身を守ったんじゃない。大鎌を右に寄せることで、本来そこにいるはずの誰かを守ろうとしたのだ。

「あなたのそれは一人の戦い方じゃない。常に隣に誰かがいた、その誰かをサポートするための立ち回りに見える」

それもあの咄嗟の動き。一年や二年で身に付く戦い方じゃない。渚よりも前に、彼には長らく共に戦っていたパートナーがいた。

「大神、あなたは一体──」

「──そんなことよりも、名探偵。あなた自身のことを俺は聞きたい」

大神が距離を詰め、鎌を振るってくる。

「本当にあなたは、昔のあなたですか？」

「どういう意味？」

私はギリギリのところで攻撃をいなしながら意図を探る。

「あの《名探偵》シエスタ本人か、ということです。──いえ、当然そうなのでしょう。あなたは、あなただ。だが、どこか全盛期を過ぎているように感じる」

普通になった、と。大神は言う。

「責める意図はありません。長い時間、眠りに就いていたブランクもある。この一年、仮初の平和に騙されていたことも災いした。だがかつてのあなたにあった真昼の幻想のような強さには、明らかに影が差している」

広間に立つ何本もの支柱を挟んで、銃撃と斬撃の攻防戦は繰り広げられる。

正直、手数はこちらが多い。それでもすぐに仕留めきれないのは、彼の言う通り私が普通になってしまったからだろうか。まったく、失礼な。

「仮に私が《名探偵》に見えなくなったとして、あなたはなにが言いたいの？」

「いえ、別に。ただ、そこに最も大きな原因があるとすればあの男かと思っただけです」

君塚君彦。その名を大神は口にする。

「あなたは、かつての君塚君彦の選択——世界ではなく少女を救ったことを肯定するために、今になって自ら世界を救おうとしている。まるで昔と逆ではないですか？　今のあなたの行動基準はすべて君塚君彦だ。昔はあなたが彼を巻き込んでいたはずなのに」

それは、確かにそうだった。地上一万メートルの空の上で君塚君彦を助手に任命して、それからというもの彼を随分と振り回した。

私もあんな形でパートナーを持ったのは初めてだったから勝手も分からず、今思うと少し……ほんの少しばかり無茶をさせた。彼はいつも理不尽だとため息をついて、怒って、たまに涙目になって、それでも助手を辞めなかった。私に巻き込まれ続けてくれた。

「なのに、今となっては君塚君彦の方が軸になってしまった。違いますか？」

大神が鎌を振りかざす。盾にしようとした支柱にあり得ないほどの亀裂が入った。

「それが、あなたが《名探偵》として普通になってしまった理由。いわば、あなたは物語の主人公から脱落した」

鎌の刃先が私の顔に突きつけられる。

「主役の座を降りたあなたに、本当に世界が救えますか？」

執行人だけでなく。仮面の高官たちがみな私を見下ろして、答えを待っていた。

「なにか勘違いしてるみたいだね」

私が言うと、大神はわずかに顔を顰(しか)めた。

「確かに七年前のあの日から、私は自分の物語に君塚君彦を巻き込んできた。主役はあくまでも探偵、彼はその助手。だからこそ私は《名探偵》として強い意志を持てた。それを武器に《世界の危機》と戦ってきた」

だけど、それは表裏一体だった。

「君塚君彦が私に巻き込まれ続けていたように、私もまた彼の手を握り続けていた。多くの秘密を隠して、そう遠くないうちに自分の限界が来ると分かっていても、それでも最後のその日まで彼を手放せなかった。あと一日だけと願い続けた」

それはなぜ？　彼が思った以上に助手として優秀になったから？　旅の途中で特別な情でも湧いたから？　――違う。

「最初から、私の中心には君塚君彦がいた」

始まりはあの空じゃない。その前に――《連邦政府》からとあるスパイの捜索依頼を受けて日本を訪れたあの日。どこか淋(さび)しそうで、どうしても放っておけない顔をしていた少年Kに出会ったあの瞬間に、もう運命は決まっていた。

彼が《特異点》だとかそんな設定は関係ない。そんなのは後付けだ。一目見た瞬間から私はどうしようもなく彼に惹かれていた。

そういうのをなんと呼ぶんだっけ。……まさか。そんなわけない。あり得ない。よりによってこの私が、彼に。

「なにを、笑っている？」

執行人は訝しげに訊き、直後驚いたように目を見開いた。

私は突きつけられた大鎌の刃先を握って立ち上がっていた。

痛みはない。血すら出ていない。それは証明だった。私の考えが間違っていない、この《意志》こそが災厄を打ち砕く武器であるという証だった。

「……っ」

思わずなのか大神は私から距離を取る。けれど、このまま決着をつけないわけにはいかない。審判を下す仮面の高官たちが勝負の行方を見つめていた。

「名探偵。あくまでもあなたは、君塚君彦を物語の——この世界の中心軸に据え続けるつもりなのですね？」

「それが運命だよ。残念ながら私も、あなたも、玉座に座っているだけの王たちも。みんな、たった一人の冴えない青年に世界を託す」

理不尽だと思う？

残念、そのセリフはすでに商標登録してあるんだ。

「同情しますよ。あの男の一番身近にいるあなたには」

執行人は最後に苦笑して、低く重心を構える。決着は間もなくだった。

「ありがとう。でも、別に困ってはないかな」

私は愛銃を構えて狙いを定める。

「夢中になってる男に振り回されるのって、案外楽しいから」

◆英雄は世界を救うために

シエスタと別れ、俺は一人宮殿を探索していた。

長い廊下を走り一つひとつ部屋を確認していく……が、そもそも施錠されていることが多く、しらみ潰しに探せている感覚はない。

「……渚（なぎさ）、シャル」

二人はどこにいるのか。捕まっているのか。上へ、上へと階段を駆け上っていき、やがてその先の扉を開けると、隣の棟へ続く渡り廊下に出た。

「……っ、寒」

だがそれは正確に言えば廊下というよりも橋だった。

数十メートル先の棟へ、まっすぐ続く橋。外は夜、静かに雪が降り積もる。視界はよくないが渡るしかない。俺はスマートフォンで足元を照らしながら橋を進む。

しばらくして、ぎしりと反対側から足音が聞こえた。顔を前に向ける。数メートル先に人影があった。白いローブを着た仮面の男は《連邦政府》高官だった。

「あんたは？」

政府高官にコードネームを尋ねる意味は本来あまりない。が、それでも自然と訊（き）いてしまったのは、なんとなく予感があったからかもしれなかった。

「《ロト》と名乗っておこう」

それは昔、一度聞いた名だった。かつてシャルを《虚空暦録（アカシックレコード）》の眠る管制塔へ導（みちび）いたという政府高官。さっきアイスドールが言っていたことも合わせて、点と点が線で繋（つな）がる。

「あんたがシャルの父親か？」

高官は仮面を外して捨てた。暗闇にエメラルド色の瞳が光る。間違いない。シャーロット・有坂（ありさか）・アンダーソンが昔探していた、行方不明の軍人の父だった。

「そこをどいてもらっていいか？　あんたの娘を助けに来た」

ロトは彫りの深い顔で俺を見定めるように目を細め、やがて「その必要はない」と低い声で答えた。

「君がなにをせずともあの子は助かる。《箱舟》に乗るのだから」

ああ、やはりそのスタンスか。アイスドールの言っていた通りロトは娘を……シャルを《大災厄》から逃がそうとしている。

「シャルはなんて言ってるんだ？」

「無論、船に乗ると。ゆえに君らとも連絡を絶っていた」

「嘘だな」

俺は銃を構える。

「自分だけが助かるなんて。そんな甘えた理想はあいつが一番嫌うことだ」

シャーロット・有坂・アンダーソンは苦しみの先にある光を探して戦う。そういうエージェントであると、俺は知っている。

「撃ってみなさい」

ロトの瞳に一瞬、黒い光が走った気がした。

そして銃声が鳴る――気付けば俺は引き金を指で引いていた。撃ったつもりはない。ロトの殺気に当てられ、体が勝手に動いていた。

だが当然と言うべきか銃弾は当たらない。細い橋、退くことはできない、それでも必要最低限の動きだけでロトは不意の銃弾を躱した。

「私はあの子の親だ。私が一番あの子を理解している」

「勝手に娘の代弁をするな、とでも？　俺だって本当はこんなこと願い下げだ」

相性は最悪、顔を合わせれば互いを罵ってばかり。そんな人間の真意を汲み取って、本人の肉親にぶつける日が来ようとは俺だって思わなかった。

「でも、いい機会だ。あんたの考えを聞かせてもらおう」

あれだけ家族の問題を投げ出して。有坂梢のことにもなにも手を貸さなかった。シャーロットが一人でそれを乗り越えるのを、この男はどこで眺めていたのか。

「お前は娘を……子供を、なんだと思っている?」

かつて自分の命を賭してでも子供を守っていた、ある懐かしい男の顔を思い出しながら俺は銃を握る。これが通用しないことは分かっている。それでも、せめてもの敵意を込めて銃口だけは向け続けた。

「そうか、分からないか。家族のいない君には」

引き金にかけた人差し指が二ミリ沈む。

「苦労は多かっただろう。それが我々のような人間の宿命だとはいえ」

だが思いがけず、心から同情するようにロトは声のトーンを落とした。

「《特異点》に《調律者》、世界の根幹に関わるような人間は業を背負って生まれてくる」

「……業?」

「ああ、そういう特別な役割を持った者は、しがらみや因果から切り離されて生まれてくる。あるいは後に英雄になると決まった時、元々あった楔から断ち切られる」

一体なにを言っているのか。しかし疑問を挟む間もなくロトは語る。

「不思議に思ったことはないか？　天涯孤独で生まれた君の周りには、奇しくも同じような境遇の英雄ばかり集まっていることを」

言われていくつもの顔が頭に浮かぶ。

孤児院で育った探偵が二人、両親を亡くして巫女になった少女、父を殉職で失った暗殺者、一族を根絶やしにされた吸血鬼、百余年生きていながら肉親を持たなかった情報屋、家族よりも繋がりの強かった親友を失った魔法少女。

「偶然ではない」

雪の勢いが強くなってきた。身体が芯まで冷えていく。

「世界を救う使命を背負う者たちは、他の重荷となるものを失うようにできている。秤の傾きを見誤らぬように。救うべき対象を間違えぬように」

「……っ、《調律者》たちは世界を救うために、最初からそれ以外のものを失う運命を背負っていると？」

「そうした英雄の候補となる者たちもまた同様だ。彼らは、彼女たちは、世界のためにいつでも身を捧げられるよう、関連づけられた因果から切り離される。すべては《システム》によってそう規定されている」

——まさか。じゃあ、斎川が両親を亡くしたのも。そしてシャルが弟を亡くしたのも。

すべてはこの世界を守るための強制力がゆえ――英雄は、隣人ではなく世界を選び続けなければならないから。

「私は、そんな世界に疲れたのだ」

ロトが、どこか淋しそうに顔を歪めた。

「そうか。あんたは」

世界ではなく、隣人を選ぼうとしているのか。

英雄の使命を捨てて、たとえ世界の人口の九十九パーセントが滅びたとしても、シャルだけは……娘だけは《箱舟》に乗せようと。家族だけは守ろうと。

「シンギュラリティ、君なら理解できるだろう。世界ではなく探偵を選んだ君ならば」

ああ、そうだ。俺も隣人を選んだ。少女を選んでしまった。

俺は《特異点》が本来果たすべきだった役割を投げ捨てて、二人の探偵を救った。そんな俺に、今のロトを否定する資格はない。

しんしんと雪が降り積もる。

互いに戦う理由はない。すでに銃は下ろしている。後はただ、ロトは静かに待つだけだった。俺が自ら退くことを。

「だからこそあの時、託したんだ」

思いがけず喋り出した俺を、ロトが訝しげに見つめる。

「世界を選ばなかった俺は探偵を救い、代わりに彼女たちに助けを乞うた。一緒に世界を救ってほしいと意志を託した」

人は生を終える時に遺志を託す。でも本当はそれだけじゃないはずだ。道に迷った時、本来選ぶべきだった選択肢を取れなかった時、どうしようもない運命に疲れてしまった時——俺たちは誰かに遺志ではなく、意志を託せる。

「ロト、お前もそうだったんじゃないのか？」

今から一年以上前。《虚空暦録》の眠る管制塔までシャルを導いたのはロトだった。《連邦政府》高官が誰しもそのパンドラの箱に触れられたくないと願う中、ロトだけは娘であるシャルに道を示した。

「お前だって、自分が選べぬ道を誰かに歩んでほしいと願ったんじゃないのか？」

理想を求め、もがき、苦しむことに可能性を見出したかったのではないか。そんな泥の願いを、娘に託そうとしたのではないか。

「あんたは他の誰より、シャーロットの強さに気付いていた」

だから、委ねた。俺がシエスタにそうしたように。

限られた両腕から零れ落ちた大切ななにかを、隣を歩く誰かに拾ってもらう。美しいとは言えなくとも、そんな風に繋がっていく意志は確かにある。

「きっと俺たちは、そうやって生きていくしかないんだ」

冷たい雪が肩に染みる。長い沈黙。せめてこの凍るような寒さぐらいは、俺たちは受け入れなければならないはずだった。

「その通りだ」

やがてロトが口を開く。

「その通りだった」

だがそれは過去形だった。かつてロトも俺と同じ考えに至っていた——そして今、それを悔いている。であれば、これからロトが取る行動は一つしかなかった。

「……っ！」

突如、下の方で鳴り響く爆発音。同時に足場が大きく揺れる。

それから二度、三度、続けて爆発が起こると、あっという間に橋は瓦解し始めた。それは《特異点》に限らず、邪魔者を葬るトラップだった。

地上までは目測で三十メートル以上、落ちれば助かる見込みはない。だがそれは俺だけではなくロトも同じだ。もし普通に戦闘になっていればロトは俺を瞬殺できただろう。にもかかわらず、こんな手を使ってきたということは。

「共倒れ覚悟、か」

自分が正しいとは思っていない。だからこそその責任だけは背負って、その身を虚空に投げ出し後は運命に任せるのだろう。

「くそ……っ！」

ふわり、と。内臓が浮くような感覚があった。バラバラに崩れた足場、俺の身体はあっという間に自由落下を始めた。

「掴まりなさい！」

誰かが叫んだ。暗闇の中、その姿をハッキリ視認する前にぐんぐんとその影は近づいてくる。俺は落下しながらも、どうにかその人物に右手を伸ばして――

「へぐっ」

――顔面ごとぶつかり、変な声が漏れ出た。そして誰かに抱きかかえられた状態で、身体が大きくスイングする。まるで遊園地の絶叫マシンかバンジージャンプのよう。俺はそいつにしがみついたまま何度も風を切った。

「ちょっと、いつまでそうしてるのよ」

やがて揺れが小さくなり、耳元でそんな声が囁かれる。視界は暗い。だがそれは外の暗さではなく、俺の顔面が誰かの身体に押し付けられているからだった。

思わず「悪い」と謝り、ゆっくり顔を上げる。不満そうにため息をつくシャーロット・有坂・アンダーソンがそこにいた。

彼女の手が掴んでいるのは丈夫そうなワイヤー、どうやら空中ブランコのような要領で俺を空中で捕まえてくれたらしい。

「無事、だったんだな」

「全然アナタが助けに来てくれないから、逆にワタシが助けに来てあげたのよ」

ニッと笑うシャルの顔は赤い。この寒さだ。体調を崩しているのかもしれない。

それでもきっとエージェントは戦っていた。必死に甘い理想と戦いながら、俺や探偵が来るのを待ってくれていた。

「……悪かった、遅くなって」

「いいから、掴まってなさい」

シャルはワイヤーを射出していた機械を操作して上へ昇る。橋が崩壊している以上、下に降りるのは危険だった。

「そこまでギュッと掴まってとは言ってないけど」

「高いところ怖いんだよ」

俺はあくまでも仕方なくシャルの顔に頬を寄せながら身を委ねる。

「ロトはどうなった？」

眼下には崩落した橋の瓦礫。だがよく見ると、その中に大きな花が咲いていた。その花弁に守られるように、白い人影がぼんやりと浮かんでいる。

「ユグドラシルは、この氷の大地でも生命を育んでるそうよ」

……そうか。ロトはそれに守られたのか。でもそんなに都合よくユグドラシルがロトを守るようなことを？

「ワタシも、あの子に助けられたばかりなの」

シャルが見つめる先。花の近くの瓦礫の上にもう一つの人影があった。恐らくその血筋ゆえ、ユグドラシルに唯一干渉できる少女が。

「……そりゃ、人質になっても無事なわけだ」

すると少女は俺たちが見ていることに気付く。遠い距離だが赤い瞳をこちらに向け、ピースサインを作ったように見えた。

「というわけでワタシたちはもう大丈夫。アナタはまだ、やることがあるんでしょ？」

ここは任せて、とシャルは言う。俺たちは元々の橋の袂まで戻ってきていた。

「お前の親父を説得するの、結構大変だぞ？」

「ええ。もう一度喋って、ぶつかってくるわ」

風にシャルのブロンドが吹かれる。戦闘になることも覚悟しているのだろう。少し淋しげに、でも確かな決意を滲ませてエージェントは微笑んだ。

「大丈夫。最悪引っ叩いて、お母さんのところにでも連れてくから」

俺は思わず目を丸くし、それから苦笑を溢す。

「最初から俺の出る幕はなかったか」

だがそれでいい。それでよかった。俺はそのまま踵を返した。

「キミヅカ！」

いつだったか、前にもこうして呼び止められた気がする。

「助けに来てくれて、嬉しかった」

俺は背中越しに右手を上げ、次の戦場へ急いだ。

◆100億光年先の聖域

「とは言え、結局とんぼ返りか」

長い階段を駆け下りながら自嘲する。あの場でやれたことはなにもない。俺の説得は最後までロトに届かなかった。やはり、なんて言葉で逃げたくはないが、それでも託すしかなかった。シャルの意志に、あるいは意地に。

だが、いざとなれば渚もいる。だから今、俺が果たすべき仕事はこのことをシエスタや大神たちに伝えること。人質であると思われていた渚が無事だったことで、大神がアイスドールに従って戦う理由はなくなったわけだ。

「まあ、大神も最初から分かってたのかもしれないが」

ただ高官らの監視の手前、ああするしかなかったと。であればシエスタとも本気での殺し合いになんてはなっていないはずだ。

「時間稼ぎはもう十分だな」

残るは政府高官らとの戦いだ。説得ができなければ、最悪は力ずくということになる。いかなる理由があっても《箱舟》で自分たちだけ逃げるわけにはいかない。世界を見捨てるわけにはいかない。

そもそも《箱舟》でどうやって《大災厄》から逃げ出すつもりなのか。本当にこの国だけは安全でいられるのか。俺たちはその仕組みも聞き出す必要がある。大神とシエスタの力があればそれも叶うだろう。

そうして長い廊下を走り抜けて、ようやく元の場所へ辿り着く。数秒だけ膝に手を置いて息を整え、大きく重い扉を開いた。

「――――は」

驚愕とも言えぬ、ただの声が喉の奥から漏れる。

広間の奥、壇上でシエスタが腹部を剣で突き刺されていた。そして間もなく剣が引き抜かれ、シエスタはゆっくり後ろに倒れ込む。

「シエスタ……ッ！」

間に合わない。血を飛び散らせたシエスタは無抵抗のまま階段を転げ落ちる。

俺はもつれる足を必死に動かし、彼女のもとへ駆け寄ろうとする。だが、その時人影が――すなわちシエスタを剣で串刺しにした元凶が、ふわりと壇上から飛び降りたかと思いきや一瞬で俺の前に立ち塞がった。

「私がただ前線にも立たず、玉座から指示を出すだけの人間だと思っていましたか？」

アイスドールだった。

氷のような青い剣を床に突き、俺がそれ以上進むことを言外に許さない。

他の高官はいない。この場には俺とアイスドールと倒れたシエスタ。そして目を凝らすと壇上にもう一人、血だらけでうつ伏せになっている男がいた。

「大神、まで」

……そういえばこの前ノエルが言っていた。《連邦政府》は引退した元《調律者》を衛兵として雇っている噂（うわさ）がある、と。だがこの状況を見ると、衛兵などではなくアイスドール自身が――

「あなたを手にかけるつもりはありませんよ」

思わず身構えた俺に、氷の高官はいつも通りの声音で話しかけてきた。

「いくら《システム》が昔ほど機能しなくなったとは言え、やはり《特異点》の存在だけは特別。殺すことはできません」

「……よく言う。さっき、別の高官に爆殺されそうになったばかりなんだけどな」

「それでもあなたは生き残る。結局のところ《特異点》とはそうできているのです」

「どうせ殺せないから殺さないと？」

「昔、言ったでしょう。そもそも私はあなたを生かすことを主張してきた穏健派です」

特異点、と。アイスドールは俺をその役割の名で呼ぶ。

「《箱舟》に乗ってください。それが、私があなたを生かす理由です」

「意味が分からない。俺なんて不穏因子はいらないはずだろ」

少なくともロトはそう考えていた。だからこそ俺を消すことで確実に《箱舟》の完成を目指していたはずだった。

「ええ。《箱舟》が出来上がるまでは確かにそうです。しかしその後、あなたの力が必要になる日が来る。まずは順を追って説明しましょう」

そしてアイスドールは、ずっと俺が引っかかっていた疑問に答えた。

「我々が船に乗って向かうのは《未踏の聖域（アナザーエデン）》です」

それは久しぶりに聞いた言葉だった。確か初めは《聖還の儀》の直前、ブルーノが語ったんだったか。未踏の聖域——未知の国家や大陸とも未観測の衛星とも言われ、《連邦政府》すら手を出すことのできないサンクチュアリ。

「どこにあるんだ、その聖域とやらは」

それこそ《虚空暦録》が眠っていたあの管制塔のように、裏技のようなものを使わないと辿り着けない場所なのか。

「あなたには秘密を開示しましょう」

もはやそれを口止めする《システム》は存在しない、と。アイスドールはそう言って、俺に最後の世界の秘密を明かす。


「《未踏の聖域》とは、ここと違うもう一つの地球のことです」


はっ、と。驚きとも呆れとも言えぬ笑いが一瞬漏れそうになった。だが今この場でアイスドールが世迷言を口にするはずもない。

「もう一つ、というのは正確ではありませんね。無数にある並行世界の一つとでも言っておきましょうか」

それからアイスドールは《未踏の聖域》についての説明を重ねた。俺たちが暮らすこの地球は多元宇宙における一つの地球に過ぎないこと。この地球とほとんど同じような歴史を辿った星もあれば、まるで違う文明を発達させた星もあるということ。

だがどの世界にも共通するのは、アカシックレコードという概念こそが地球を管理する頭脳であるということ。そして文字通りその《システム》が崩壊した時、地球は終わりを迎える。それは無数に広がる多元宇宙で、生存競争に負けたようなものなのだと言う。災厄に破れ、失敗したモデルケースとして宇宙の塵になる。

そういったことをもっと科学的に、地質学的に、あるいは天文学的にアイスドールは語った。「嘘だ」と一蹴するのは簡単だった。その方がずっと楽だった。だがそうではないから今、氷の人形は剣を握っている。そしてシエスタは斃れた。俺が感情論で否定していい話ではなかった。

「……これが昔、アベルの言っていたもう一つの秘密か」

アカシックレコードとは別に、まだこの世界には大きな秘密が隠されていると、奴はそう語っていた。結局、俺たちはまるでそこに辿り着けていなかったのだ。

「ゆえに我々はこれから《箱舟》に乗り、《未踏の聖域》へ向かいます」

そして話は戻ってくる。それがたった一つ、この星に住む俺たちが災禍から免れるための方策だった。

「具体的には、どうやってそこへ向かう?」

まさか巨大な宇宙船のようにこの大陸ごと飛んでいくわけでもあるまい。

「イメージとしてはあなたも用いたことのある《扉》を使いますが、これは今詳らかにすることもないでしょう」

「じゃあ、もう一つ。この地球ごと……人類ごと、世界を跨ぐことはできないのか？　わざわざ神話に準えて種を選別する必要がどこにある？」

「《箱舟》の移動には《システム》に残存しているエネルギーをすべて使いますが、それは八十億もの人間のプログラムを操るにはまるで足りません。――それに。船が向かう先の世界にもまた別の文明がある。そうなった時、我々は外来種です」

その意味は分かるでしょう、とアイスドールは言う。

「……生存競争か」

たとえ災厄を乗り越えて別の星を見つけたとしても、俺たちはそこを借りる身でしかない。支配をしようとでもすれば間違いなく争いが起きる。それを避けるためにも俺たちは立場を弁えるしかない。そのための種の選別――自らの手で同胞を間引くのだ。新世界の片隅でひっそり身を寄せ生きていくために。

「だからこそあなたが必要なのです。《名探偵》などという殉職が前提の存在ではなく、《特異点》のあなたが」

腰に刺していた銃に思わず右手が伸びた。

「新しい星で、我々はなるべく先住民との交戦を避けたい。それでも致し方ない状況になった時、《特異点》たるあなたは武器となる。交渉の材料となり得る。いつどのような条件で起爆するとも分からぬ兵器ですよ、あなたは」

「……つまりは人身御供（ひとみごくう）になれと？」

そのためにアイスドールはずっと《特異点》という存在を生かしてきたのか。すべてはいつか、俺を人類の盾として《未踏の聖域（アナザーエデン）》に踏み込むために。

「選択の余地は？」

「ありません。もしも拒絶するならば、あなたと共に《箱舟》に乗る仲間の人数は日毎（ひごと）に減るでしょう」

それは間違いなく言葉だけの脅しではない。

シエスタを手に掛けただけでなく、今度は渚（なぎさ）もシャルも。あるいは他の高官を派遣していたように、斎川（さいかわ）やノーチェス、ミアやリルも。

「さあ、《特異点》。舟に乗るのです。我々の世界を救うために」

「世界を、救うため？」

「ええ、あなたの選択がこの星の明日を作ります」

——そう、か。たとえ《箱舟》に乗ろうとも乗らずともどうせこの星が滅ぶのだとしたら、人類の種の保全に寄与することは世界を救うことになるのか。そしてその役目を果たせるのが俺しかいないのだとしたら。

「大丈夫です」

アイスドールの声に思わず顔を上げる。

「《箱舟》に選ばれなかった人たちの遺志は、我々が継ぐと約束しましょう」

その言葉を聞いた瞬間、答えは決まった。

「断る、それは俺たち生き残る側が言っていいセリフじゃない」

遺志とは本来それを託す者だけが口にしていい言葉だ。それでも残された者たちが遺志を継ぐと主張するのは、せめてもの自分だけが生き残った罪を滅ぼすためだけの方便。人が死んだら、残された者にできることはなにもない。

そして遺志だけでなく、意志も。願いのためにすべてを出し尽くし、激情を燃やし、死力の果てにようやく俺たちはそれを誰かに託す。託すだけの権利を得る。誰もが簡単に言葉だけで叶えられるものではない。真にそれができる人間がいるとしたら、それはたとえば《イシ》を繋ぐことそれ自体が使命の者たちだ。

「あんたにそれだけの覚悟があるか？」

だがこの問いは裏返し。今の俺も、本当に意志を託すだけの資格を持っているかどうかは分からない。さっきロトにはすでに事実のように語ってしまったが、だからこそ、この辺りで確認をしておくべきかもしれない。あの時世界を選ばなかった俺が、代わりに意志を託すために救った隣人に。

「まったく。殉職が前提の役職とは失礼だね」

聞き慣れた声が広間に反響し、次の瞬間、銃声が鳴った。アイスドールが膝を折る。銃弾が右足を撃ち抜いていた。

「――なぜ」

振り返ることなく、だがアイスドールはその敵を察して驚愕（きょうがく）する。

「なぜって。あの程度の傷、五分もあれば回復するに決まってるだろ」

代わりに俺が答える。もう床にさっきの血痕はない。まるでその血自体を体内に吸収してしまったかのように――壇上には、無傷の少女が立っていた。

「だってシエスタは《吸血鬼》なんだから」

話は一年以上前に遡る。

◆誰にも知られぬ眠り姫の物語

あの《大災厄》が起きた日。《システム》を乗っ取ったアベルが暴れている最中、修道院にて《虚空暦録（アカシックレコード）》を放棄することに関してアイスドールと合意を得た俺は、その後ベッドで眠るシエスタと対面した。

アベルから取り返したシエスタの《意志》を宿した臓器、俺はそれをシエスタに再び返さなければならない。そしてそれに必要なのはシエスタの《名探偵》としての記憶を……正義の意志を強く揺さぶることだった。

だがアイスドールは次のようなことを言っていた。この世界に存在できる《名探偵》はただ一人だけ。夏凪渚（なつなぎなぎさ）かシエスタか。つまり俺が選ばなければならなかった——二人のうち、どちらを《名探偵》として生かすかを。

「シエスタ。俺は——」

そして俺はこう答えを出した。

「許せ、シエスタ。俺は渚を《名探偵》にする」

渚は今まさにアベルの《暗号（コード）》に囚（とら）われ、そこで戦っている。その最中に《名探偵》という役職がなくなってしまったらどうなるか。というのも、この世界で《調律者》の役職名というのはただの飾りではない。《名探偵》という肩書きが……強力な格が、アベルのコードによる攻撃から渚の身を守っている可能性は十分あった。

そしてなによりシエスタ、彼女自身が渚から《名探偵》という肩書きを奪うことを許さない。渚が探偵代行なんかじゃないことは、シエスタが誰より知っている。だから俺は、夏凪渚こそが《名探偵》であるとここに決める。

「でも、俺はお前のことも諦めない」

眠っているシエスタに向けて俺は呟く。

確かにシエスタを《名探偵》には戻せない。でもせめて正義の《調律者》に戻すことはできる。たとえば、そう。

「《吸血鬼》として」

それはアイスドールにも話していない俺の無断の策。もし打診していたら鼻で笑われたかもしれない。《システム》がそんなことを認めるはずがない、と。

だがアイスドールは俺に、どのようにして《調律者》が選ばれるかを語っていた。たとえばそれは、候補となる人物が《意志》の力を使いこなせるか、英雄としての逸話を持っているか——言い換えると、《調律者》を担うに相応しい人生を歩んでいるか。そういった観点から《システム》が判断しているのだという。

それを聞いた上で俺は、シエスタを《名探偵》以外の《調律者》に就かせる術はないかと考えた。シエスタにはこれまで何年も《名探偵》として活動した実績があり、悪の前に斃れようとその遺志が死んだことはなかった。

もしまた目覚めることがあれば、誰より強い意志で人を救い続けるはず。であればきっと《システム》はシエスタを《調律者》として再び認めてくれる。だから問題はシエスタが《名探偵》ではなく別の役職——狙うは現在、唯一空位になっている《吸血鬼》として認められるかどうかだった。

今から半年ほど前に起こった《吸血鬼の反乱》、そこでスカーレットを始めとして吸血鬼という種族は完全に殲滅された。世界の安定を脅かしかねない彼らは、《連邦政府》の思惑により一人残らずこの世界から消え去った……はずだった。

だが、俺は知っている。吸血鬼の王たるスカーレット、その血を受け継いだ少女を知っている。いつか吸血鬼と人間の境目をなくすために、スカーレットが仮初の《花嫁》にしようと己の血を注ぎ続けたその少女こそ——

「——シエスタ、許してくれ」

唯一《吸血鬼》になり得る資格を持つ彼女に、俺は謝る。

「すまない。お前を探偵として目覚めさせることはできない」

それに昔スティーブンが忠告していた通り、目覚めたお前は元の人格や記憶を失っているかもしれない。俺のことも覚えていないかもしれない。そんな奴の言うことなんて聞けるかと反発するのも当然だろう。

それでも俺は信じる。《名探偵》ではなくなっても。なにを忘れて、どんな立場に置かれても、シエスタは正義のために戦える人間だと信じる。

「だからもう一度、《調律者》として戦ってくれ」

俺は自分の唇を少し噛み、出血させる。

「……っ」

この行為に意味があるのか、正しいのか、正直よく分からない。

分かることはただ一つ、俺は今からシエスタに還さなければいけない。彼女の《意志》を、それが宿る目に見えぬ臓器とやらを。

昔スカーレットは言っていた。骨でも髪の毛一本からでも、ＤＮＡさえ残っていれば、本能を宿した死者を生き返らせることができると。それはつまり、人の《意志》は全身の細胞を絶え間なく巡っているということ。

だから唇から流したこの血に、取り返したシエスタの《意志》が少しでも混じっていると俺は信じる。スティーブンが俺にすべてを委ねた意味をそう解釈する。

「嫌なら避けろ？　罵倒して、殴ってでも抵抗しろ？」

どんな形でも目覚めてくれれば、もうそれでいい。

「そろそろ起きる時間だぞ、シエスタ」

ベッドのそばに跪き、眠り姫の唇にそっと口付けをした。

時間が永遠に感じた。

あるいはそれだけ永い時間、本当に唇を重ねていたのか。シエスタの反応はなかった。

唇を離し、顔を見つめる。変わらず綺麗な顔で目を瞑ったままだった。

「……このやり方じゃなかったのか」

無力感と少しの羞恥でつい顔を逸らした。これでダメならどうすればいいのか。立ち上がり、情けなくもバサバサと頭を掻いた。

「バカか、君は」

考えるより先に振り向いていた。

ベッドの上で少女が呆れたように俺を見つめ、やがてたまらず破顔した。

一年と三ヶ月ぶりにシエスタは目覚めた。

「……ッ！」

言葉が出ない、彼女の名前すら呼べない。

ただ駆け寄り、その細い身体を抱き締めた。するとすぐにシエスタの腕も俺の背中に回される。彼女の確かな熱を感じながら、俺はいくつかの質問を重ねる。

「自分が誰か分かるか？」

「コードネーム、シエスタ」

「俺のことが分かるか？」

「巻き込まれ体質の少年K、君塚君彦」

「お前にとって俺が何者か覚えているか？」

「私にとって一番大切な――最愛のパートナー」


シエスタはすべて覚えていた。

無事に《意志》が眠る臓器を取り戻したから？　眠っている間に俺や渚たちが語り続けていたから？　心臓を取り替えようとも全身の細胞が覚えていたから？

「会いたかった、君に」

泣いていた。俺にしがみつき、シエスタが泣いていた。

「ああ、俺もだ」

理屈なんてどうでもいい。

この瞬間だけは、それを奇跡と呼びたかった。

◆《虚空》に眠る英雄譚

そして現在。

「だから今ここにいるシエスタは《吸血鬼》だ」

吸血鬼としての再生能力により出血を止めたシエスタは、壇上からスタッと飛び降りた。

「……わざと、その歴史を復元しなかったわけですか」

アイスドールは撃たれた膝を折ったまま、珍しく苛立ちが滲む声で漏らす。

少し前に俺が取り戻した《大災厄》にまつわる記録。だがそのうちの一部——シエスタがどう目を覚ましたかについて、俺は誰にも語らなかった。それにより意図的に虚空の記録を形成した。シエスタが《吸血鬼》であることを隠す、たった一度きりの裏技だ。

「いつかすべてを知った気になっている無知の為政者の寝首を掻くためのな」

《再起動》の影響で記憶を失ったのは《連邦政府》高官も同じ。であれば、シエスタがあの日《吸血鬼》として目覚めたことは彼らも当然知る由がない。

「さすがに私は自分の身体のことだし気付いてたけどね」

シエスタがゆっくりアイスドールのもとに歩いていく。

「でもあえて助手が隠していることは分かっていた。言えない理由があることも察せた。ただ一言それについて語ることも、文字で伝えることもやってはいけない。それをした瞬間、虚空の記録は修復されて《連邦政府》にもバレてしまうから」

そう。だから俺たちを除いて他に気付くことができたのは精々かつてのアベルぐらいのものだろうか。あの最後の戦いの舞台で、翼を生やした女神のような——否、吸血鬼の姿になったシエスタを見ていたあいつなら、あるいは。

「形成逆転みたいだね」

そうしてシエスタは膝を折ったアイスドールの前に立ち、マスケット銃を向ける。

「また我々の前に立ちはだかるのですか、吸血鬼が」

恐らくは、とある白き鬼の姿を想起しながらアイスドールは呆然と呟いた。


その間に俺は壇上に向かい、倒れている大神のもとへ駆けつけた。複数の深い切り傷、シエスタではなくアイスドールと戦ってできた創傷だろう。

「大丈夫か！」

身体は揺らさず、そっと呼吸と脈拍を確認する。と、その最中に小さく唸るような声が漏れ出た。意識はある。間もなく大神はゆっくり目を開けた。

「……それなりに、鍛えてはいるつもりだったがな」

俺の姿を認識すると、いつものように唇の端を歪める。

「渚は無事だ、安心しろ」

「時間稼ぎはできたようだな……」

ああ、十分な仕事だった。そうして応急処置をしようとしていると、大神は「死にはしない」とそれを止めた。

「俺にも、使命が……あるのでな。こんなところでは、死なん……」

それよりも、と大神がどこかを見た。

「お前は、探偵を守れ」

アイスドールが立ち上がり氷のような青い剣を抜いていた。

「嘘、だろ」

すでにそこは戦場。撃たれていた右足の影響も感じさせず、風のようにシエスタに襲いかかるアイスドール。その頭上には、小さな銀色のキューブ状の物体が浮いている。

「《システム》の一部を持ち出したのか……?」

足からの出血はある。ダメージは確かに与えた。それでも立ち上がり戦う様はかつての《魔法少女》のようでもある。やはりアイスドールは……。

「……元《調律者》と見て間違いなかろう。わずかに残った《システム》の力も《意志》に変えて使い果たすつもりらしい」

「戦いが長引くほど世界の終わりも早まるってことか。くそ、本末転倒だろ」

ずっと、ただの人形だと思っていた。

人でありながら人の感情を理解しない、肝心な選択はすべて英雄に委ねるだけの仮面の人形。それが世界を裏側から牛耳る《連邦政府》高官という存在であると。

特にアイスドールは仮面で素顔は隠しているものの、声や背格好から高齢の女性のはずだった。だが今、その剣捌きはシエスタと遜色ないどころか一方的に押している。肉体の年齢など関係ない、まるでなにかが乗り移っているような強さに見えた。

「借りるぞ、大神」

俺は壇上から駆け降り、戦場へ走る。

シエスタが振るっていたマスケット銃が、アイスドールの剣によって弾き飛ばされた。俺はそんな二人の間に割って入る。手には大神から掻っ払った鎌を構えていた。

「…………」

アイスドールは一度身を引く。やはり《特異点》を殺すことは躊躇われるらしい。

「無茶をするね」

でもいい仕事だ、とシエスタは俺に微笑む。

「ここから先どうする、シエスタ？　もう小細工は通用しないと思うが」

「敵は助手の命までは取れない。だから君が人間の盾となって私がその背後から援護射撃をするというのはどう？」

「名探偵じゃなくなった瞬間ＩＱゼロになったか？　お前こそ吸血鬼なんだからまあまあ不死身だろ。前衛頼む」

「不死身ではないってば。それこそ腕を根本から切り落とされでもしたら回復はできないよ。そこまでの吸血鬼性は私にはない」

いくらスカーレットの血を受け継いでいると言っても、シエスタが本物の吸血鬼になったわけではない。だがそれはつまり、吸血鬼に課せられた寿命の縛りは受けずに済むということ。悪いことばかりではないはずだ。

「助手！」

剣の鋒が目の前を掠める。いつの間にかアイスドールが目の前に迫っていた。俺はシエスタのおかげで難を逃れ、そのまま抱きかかえられて距離を取る。

「――っ、疾い」

まるで並走するようにアイスドールが横にいた。マントで足元が隠れていることもあり、浮いているようにさえ見える。

「ごめん、追いつかれる」

仕方なくシエスタが俺を降ろす。

剣が床をなぞりながら迫り、俺は大鎌で身を防ぐがあえなく武器は弾き飛ばされる。そしてほぼ同時に二撃目。アイスドールはすでに、左手に二本目の剣を構えていた。

シエスタが俺を突き飛ばす。その次の瞬間にはアイスドールの剣がシエスタの右肩を抉っていた。鮮血が吹き出す。だがそれが致命傷にならないことをもう敵は知っている。二刀流で構えた剣がシエスタの首を落とそうと横に薙がれた。

「――ッ、シエスタ！」

しかし、なにかが剣の進路を妨げた。

それは突如、床下から生えてきた触手のような物体。

「助手、退くよ」

と、再びシエスタは俺を抱えてアイスドールから距離を取る。すると直後、さっきまでいた場所に瓦礫が降ってきた。天井を見上げる。そこに覗いていたのはさっきの触手――否、巨大な植物の根。それらが幾つも、意志を持ったかのように暴れまわっていた。

「渚が助けてくれたわけじゃ……ないのか？」

ユグドラシルを操っているというよりは、それ自体が暴走しているように見える。まさか渚の身になにかあったのか。やはりロトと戦闘に……？

「アイスドール。あなたは一体、何者？」

シエスタが目を細めて尋ねた。

傷ついた右肩の回復にはもう少し時間を要する。本来アイスドールがそれを見逃すはずはないが、床や天井からは戦場を掻き乱す植物が咲き始めていた。

「アイスドール、あなたが元《調律者》だとしてその役職は？　……その剣術。たとえば少し前まで《剣豪》という役職もあったと聞く。あなたはいつまで《調律者》だったの？」

「私は《剣豪》ではありませんよ、そして今さら名乗る必要もない。もうこの役職を覚えている者もいないでしょう」

天井から、槍のような勢いでユグドラシルの植物がアイスドールを襲う。が、《システム》の力なのか一瞬で生えた背中の白い両翼がその身を守った。

「私が《調律者》として戦場に立っていたのは、四百年も前のことですから」

白い翼が拡がり、仮面の剣士が二本の剣を一つに束ね床に突き刺す。

もはや老齢の人形など、どこにもいない。白く長い髪の毛を棚引かせた気高き女剣士がそこにいた。——しかし。

「四百年前？　どういうことだ？」

意味が分からず、思わず訊いた。あのブルーノでさえ、生きた年月は百数十年だったはず。アイスドールはそれ以上の時間を……？

「当時の《発明家》が生み出した劇薬の効果です」

襲いかかる植物を切り裂きながらアイスドールは言う。

「それにより私を含む数名の《調律者》は一切歳を取らぬ身になりました。今ではその薬は《連邦憲章》の規定により製造が禁止されましたが、あの頃はまだ人道に対する意識は希薄でした」

次の瞬間、景色が一変した。さっきまでの植物が暴れ回っている宮殿の広間ではない。

鎧を着た人々が手に武器を掲げ、荒野で争い合っている。

「——心象風景」

シエスタが呟く。同じような能力は彼女も使えるが、今これをやってのけているのは。

「死なぬ身体。老いぬ肉体。《調律者》の我々は身を粉にし、数多の戦場を駆け巡った」

荒野の戦場に、明らかに雰囲気の異なる剣士がいた。鋼のマスクから長い髪の毛を後ろに棚引かせ、馬に乗ってその戦場を駆ける気高き女剣士。彼女はどちらの軍勢にも属していない。その戦争を終わらせにきた唯一無二の英雄だった。

それから景色は移り変わる。司祭のような格好をした男が、本と杖のようなものを持って異形の怪物と戦っている。かと思えば今度は、ローブを着た痩せ細った男が必死に羊皮紙に術式のようなものを書き連ねている。彼らは遥か四百年前の《調律者》だった。

「それでよかった。我々の献身で民が救われる。世界が救われる。この身尽き果てるまで戦おうと誓った。――だが、我々は英雄として秀ですぎた」

アイスドールの声が、いつもより冷たく聞こえる。

「当時の《連邦政府》の構成員は特定の血筋を持つ貴族中心。彼らは不死身の英雄として働く我々から《調律者》の座を剥奪しました。厳密に言えば、《システム》がそう判断するよう工作を働きました」

「……なぜそんなことを？　あんたらは優秀な《調律者》だったんだろ？」

「ええ、だからこそです。本物の英雄は《調律者》などという肩書きがなくとも戦えるだろうと、そういう理屈です」

一瞬なにを言っているか分からなかった。わざわざ彼女たちを《調律者》から外すメリットがどこにあるのか。だがその真意にシエスタがすぐに気付いた。

「《調律者》の数は明確に十二と決まっている。世界の安定性を高めるためには、わざわざその十二の枠を与えなくとも働いてくれる英雄が……便利屋が必要だったということ？」

「特に当時、まるで人手が足りぬほどの巨大な《世界の危機》が訪れていたことも災いしました。とにかく政府は、英雄の頭数を揃(そろ)えることを重視した」

……そこで目をつけられたのか。アイスドールを初めとして、何百年でも無償で働いてくれる名もなき正義の味方の存在が。

「我々、不死身の英雄は《調律者》としての役職を失い、それに伴って《システム》から受ける加護も薄らいだ。残ったのは老いぬ身体(からだ)と戦う使命のみです」

景色が変わる。さっき見た三人の英雄がそれぞれ戦場に立ち、民の命を救い、小さな世界を救っていた。だがその世界はすぐにまた別の世界に滅ぼされる。

戦いは終わらない。救っても救っても。原罪を抱く人類は一生互いに争い合う——アベル・A・シェーンベルク(アルセーヌ)が言っていた通りの光景だった。

「そうして終わりなき戦いを続ける我々に恩赦が出たのは、四百年後のことでした」

なぜ途中で戦うことをやめなかったのか、とは聞けなかった。実際に四百年間、戦い続けた英雄にかけていい言葉ではなかった。だから俺は代わりに尋ねる。

「誰がその恩赦を？」

「四百年の間に《連邦政府》における貴族の血も薄らぎ、逆に退役した《調律者》が増えました。その中には我々ほどではないものの、数十年やそれ以上働いた者も多い。彼らによって恩赦が与えられ、我々はついに英雄の役目を終えて政府高官になりました」

そしてアイスドールは自嘲するように言う。

「《発明家》により老いる身体を手に入れたのはつい最近のこと。しかし今では誰一人、我々自身さえ、かつての己の役職を覚えていません」

心象風景が消え、元の広間の景色に戻る。

人を救うことに疲れ切った成れの果て。《世界の敵》には堕ちずとも、永遠の戦いの中に閉じ込められた哀しき英雄。これがいつか正義の味方が辿り着くかもしれない未来――《連邦政府》高官という名もなき人形たちの真実だった。

「一度だけ問います」

アイスドールの仮面が俺とシエスタに向く。なぜ攻撃の手を止め、俺たちに心象風景を見せたのか。それはきっとその問いを下すためだった。

「もしあなた方が《箱舟》を拒否すれば、これから《意志》の力も使えぬまま《大災厄》に挑むことになる。そして災厄はこの星が滅びるまで続く。あなた方だけではなく、今後生まれる《調律者》も皆その宿命に囚われる。それが本当に正しいことだと思いますか？」

アイスドールは知っていた。《意志》の力を満足に使えぬまま戦場に立たなければならない苦しみを。そしてなにより終わることのない災厄に囚われ続け、己が何者かすら分からなくなる悲劇を。

いつまで戦えばいいのか。いつまで貧乏くじを引けばいいのか。いつまで英雄と称えられ、民の声に応え続け、世界の犠牲になればいいのか。ロトは言っていた。なぜいつも英雄が、正義の味方だけが、大切なものを奪われなければならないのか。

そして俺も心のどこかで思っていた。なぜいつもシエスタだけが奪われる。なぜ渚だけが失う。なぜ探偵だけが正しく……正しいがゆえに、傷つかなければならない。正義とは犠牲のことではないはずなのに。

「あんたらも同じだったんだな」

高官たちは《調律者》を玉座から見下ろしているわけではなかった。過去の自分たちを見つめていたのだ。あの仮面の内側から、ずっと。

「だから、あなたは昔の私が羨ましかったんだ」

シエスタが悲しそうな顔でアイスドールを見つめていた。

「殉職できる《名探偵》が、羨ましかったんだ」

彼らは早く斃れたかったのだ。

今は最後に残った、人類の種の保存という大役だけを果たして。

「…………」

沈黙。アイスドールは待っていた。問いに対するシエスタの答えを。すなわち、たとえ自分が何者でなくなったとしても、永遠の戦いに身を投じる覚悟はあるのかと。《名探偵》という役職がなくなった今、偽物の英雄として生きていく覚悟はあるのかと。

沈黙。シエスタは答えなかった。それは彼女の中に正解がないわけではない。きっともう答えは出ている。だからこそこの戦場に立ち、アイスドールを止めようとしている。それでもなにも言わないのは……アイスドールを否定しないのはせめてもの敬意だった。四百年間、誰にも記憶されぬ戦いを続けた名もなき英雄への敬意だった。

宮殿がまた大きく揺れる。ユグドラシルの影響だろう。数メートル先に立つアイスドールがゆっくりと動いた。

「このまま夏凪渚を放っておけば、この《箱舟》まで壊されかねません。そろそろ仕舞いにしましょう」

シエスタからの答えを諦め、剣を低く構える。最後にたった一つ残った使命を果たすため。決着は間もなくだった。

「シエスタ」

俺が呼ぶと、彼女は小さく首を横に振った。武器を構える様子もない。だったらと、せめて俺も隣に並んだ。すべてを受け入れる覚悟をした元《名探偵》の隣に。

「役職も名も失おうと、この剣だけは——」

刹那、アイスドールの姿が消えた。瞬（まばた）きをしたつもりはない。だがもうすぐ目の前に彼女はいた。氷の太刀がシエスタに切り掛る。

「………」

剣が止まった。

シエスタの青い瞳が見つめる中、氷の剣の鋒（きっさき）はそれ以上前に進まない。

「それがアイスドール、あなたの意志」

剣を止めたのはアイスドール自身だった。世界の片隅にある《システム》の残滓（ざんし）が掬（すく）い取（と）ったのだ。アイスドールの言動に騙（だま）されることなく、その意志を。シエスタをここで殺すべきではないと思ってしまっている本心を。

「アイスドール。私たちは理想へ、歩みを止めない」

氷の人形は剣を床に突き刺し、膝を折った。

「たとえ名を失っても、肩書きを忘れても、なんのために戦っていたのか分からなくなる日が来たとしても」

シエスタは俺の手を取って、戦いを終えた英雄に声をかける。

「きっとそれを覚えていて、誰かに伝えてくれる仲間がいると信じて、私たちは傷だらけの光を走っていく」

ユグドラシルの影響で大破した広間の扉。そこから朝日が差し込んだ。氷の大陸に立つ宮殿ゆえ、反射した自然光は目を覆いたくなるほどに眩い。

それは多分、俺たちにこれから待ち受ける痛みだった。心地よい暗闇から足を踏み出して、名もなき英雄として世界の犠牲になる覚悟を試す光。

でも、大丈夫。きっと大丈夫だ。俺たちの隣にはそれを覚えていてくれる誰かがいるから。目も眩むような光の中を、手を繋いで共に駆け抜けてくれる誰かが。

「時代は動いた」

背を向けて扉の先へ歩き始めていた俺たちに、アイスドールは言った。

「あなたたちに託しましょう」

◇光の先に辿り着く景色

荒れた宮殿の広間。

壇上にいくつも並んだ椅子の一つに、仮面を被った老齢の女性が腰掛けていた。氷の剣は杖代わり。膝を負傷し、数十年ぶりに剣を振い、精も根も尽き果てた。

《連邦政府》高官アイスドール。もはや、英雄としての面影はない。

己が信じた使命も果たせず、《世界の敵》にもなり損ねた、ただの氷の人形。せめてもの生物としての寿命がそう遠くないことだけが救いだった。

さっきまで戦っていた少年少女は、すでに仲間のもとへ向かった。暴走するユグドラシルを沈めるため。そして《箱舟》に乗ることなく《大災厄》を鎮めようと考えている。

まったく無謀だと思わず嘲りたくなる。にもかかわらず、彼らにそれを託した己に対して、なぜか疑問は湧かなかった。

「仲間、ですか」

アイスドールはポツリと漏らす。それと同時に、あの白昼夢の少女が昔もその言葉を口にしていたことを思い出した。

当時から《特定脅威》の一人に指定されていたダニー・ブライアントの捜索を命じた約七年前。しかし白昼夢の少女は政府の思惑を見抜き、《特異点》を救ってみせた後にこう言っていた――いつか仲間を作るから、と。

あの時、アイスドールはそれを笑った。随分とぬるいことを言っている、と。世界を救う英雄は、最初から肉親も仲間も持つことはできぬと決まっているのに、と。まだ幼い英雄の未熟さを心の中で嘲笑っていた。

だが今、真に理解が足りていなかったのは自分ではなかったかと、氷の人形は省みる。

もしかすると彼らは、本当に仲間と共に辿り着こうとしているのかもしれない。傷だらけの光の先にある、理想の世界へ。

『世界を救うような物語の主人公は、いつだって少年少女だと相場は決まってるんだよ』

七年前に白昼夢の少女はそう口にしていた。もしかするとあの時すでにアイスドールは敗北していたのかもしれなかった。それはかの少女にだけでない。因縁深きダニー・ブライアントにも。畢竟──《名探偵》に。

ふいに、開け放たれたままの扉から人影が現れた。

だがアイスドールは漠然と、その人物がやってくるのではないかと予測していた。

「久しいですね。私を殺しに来ましたか？」

元《暗殺者》加瀬風靡。英雄として失格の烙印が押された自分を処刑する者がいるとすれば、彼女しかいないだろうと思っていた。壇上にいたはずの《執行人》もいつの間にかいなくなっている。もはやこの命を刈り取るのは《暗殺者》の刃だけだった。

「まさか」

だが思いがけず、加瀬風靡は鼻で笑いながら歩いてくる。

「《暗殺者》の使命は罪なき者を殺すこと。まさか、自分たちが無罪だとでも思っているのか、連邦政府」

そしてある程度のところで立ち止まると、取り出した煙草を吸い始める。

私怨はあるはずだった。国家反逆の罪を被せ、約一年にわたって彼女を投獄していたのは《連邦政府》。当時、独自の正義感によって動いていた加瀬風靡は、政府にとって強く監視対象に置いておくべき危険因子だった。

しかし今の彼女にとって、そのような復讐心は取るに足らぬことなのか、あるいは今さら手を下すほどの相手でもないと思っているのか。白い煙を吹かしながら、無様な姿に堕ちた氷の人形をじっと眺める。

「そこには座らないのか？」

すると加瀬風靡は、空いている中央の玉座を指して尋ねた。

「私にあの椅子に座る資格はありません」

アイスドールは自嘲するように答える。

「あそこに座れるのは本物の王だけです」

「——王？」

今、その椅子は空いている。空けている。ただ、それだけのことだった。

「私を処刑しに来たわけではないのなら、なにをしにここへ？」

煙草を吸い終えたタイミングを見てアイスドールは尋ねた。

が、加瀬風靡はすぐに二本目に火をつける。そして深く煙を吸って吐く動作を二度ほど繰り返してから、彼女は答えた。

「あんたらのことを調べた。《連邦政府》の構成員の大半は、人類の祖先とも言われている特定の貴族に加え、過去、世界を救う功績を果たした元《調律者》たち。だがその元英雄の中には、名前すら残らなかった者たちが多くいた」

そう、それは消えた歴史。虚空の記録。当時の為政者によって真名（まな）も役職も奪われたまま、何百年も戦うことを命じられた悲劇の英雄。

「アタシはつい最近その歴史を知った。忘れ去られたいくつかの役職を新たに知った」

加瀬風靡は真っ直（ます）ぐに、複数の空いた椅子や氷の人形を見渡しながら言った。

「たとえば《魔導師》ドーベルマン、たとえば《大賢者》オーディン、そして、たとえば――《聖騎士》アイスドール」


ああ、そうだ。そんな役職だった。そんな使命を背負って、戦っていた。

アイスドールは四百年の歴史を少しだけ思い返した。

「あなたはどうやってその記録を？」

「アタシはただ盗み見ただけだ。世界の知の巨大な書庫（データベース）を」

なんのことはない。最初から消えてなどいなかった。然（しか）るべき者は覚えていた。名前のない英雄譚は四百年後も語り継がれていた。

「《名探偵》だけではありませんでしたか」

殲滅したはずの《吸血鬼》に再び立ちはだかられ、投獄した《暗殺者》には逆に堕ちた姿を晒し、そして自然なシナリオで消し去ったと思っていた《情報屋》には、欠けていた記憶を取り戻させられた。

「四百年後の英雄も、なかなか骨が折れる者ばかりですね」

加瀬風靡がアイスドールを見てわずかに目を丸くする。

氷の人形が仮面を外していた。深い意図があったわけではない。ただ、扉の向こうから差す眩い光を、仮面越しではなくその目で見たかっただけだった。

「それで？　加瀬風靡。あなたの本題は別にあるでしょう」

「ああ。アタシの仕事はあんたらを刑務所に入れることだ」

そして壇上に昇ると手錠を取り出す。暗殺者としてではない。彼女は警察官としてここへ来ていた。果たして《連邦政府》を裁ける組織があるのか、それともこれから作られるのか。いずれにせよ、彼女の仕事はまず手錠をかけることだった。

「しかし《連邦政府》が解体されたらどうなると思いますか」

加瀬風靡の動きが止まった。それは決して脅しというわけではない。ただそれでも政府高官の最後の仕事としてアイスドールには訊いておく義務があった。

「我々がいなくなれば、ミゾエフ連邦という国もなくなる。正義の仮想国家、絶対的な公権力、そしてこの星における正しさの基準だったアカシックレコード――それらがすべて消えてなくなった時、あなた方はどうしますか？」

世界警察の役割を果たしていた正義の大国が消えた時、これまで表面化していなかっただけの戦の火は必ず上がる。それを止める《調律者》たちも《システム》を使えない限り、《意志》による力も発揮できない。

「そんな状況で、あなた方はどんな世界を作りますか？」

問われた紅髪の警察官は、少し考える素振りを見せて喋り出した。

「人という生き物が悪意を持って生まれる以上、武器を必要としない世界は来ない。それこそアベルのように、全人類の意志を操ろうとしない限り」

でも、と。そう言って彼女は、椅子に座る氷の人形に手錠を掛けた。

「そんな人の悪意を振り払い、武器を持たぬ傷だらけの左手を、座り込んだ誰かに差し伸べる者も現れる。きっと本当はそんな存在こそをアタシたちは、特異点と呼ぶ」

左手の手錠を見つめながらアイスドールは最後に尋ねた。

「では、あなたはどうするのですか、加瀬風靡」

純白の軍服を着た警察官は薄く笑って答えた。

「アタシは戦い続けるだけだ。昔、どこかの誰かがしくじった正義の色を適度に紅く染めてやりながらな」

◆Rebirth of the World

シエスタと二人、アイスドールのもとを立ち去り、宮殿を出た先に広がっていた氷の大陸――そこはまさに戦場だった。

長く太い植物の根が氷を纏(まと)い、意志を持ったかのように何本も暴れ回っている。その様はまるで大蛇か龍(りゅう)のよう。さっきまで俺たちがいた宮殿もそれらに襲われていた。

「あれは、シャルと……」

シエスタが遠くを見て目を細める。そこには襲い来る樹氷と格闘する二人の人物がいた。

一人はブロンド髪のエージェント。そしてその近くには。

「ロト。シャルの父親だ」

あの後、二人の間にどういうやり取りがあったのかは分からないが、今は迫り来るユグドラシルを父娘(ちちこ)の軍刀が次々と討ち落としている。十年会っていなかった親子。それでも互いに声を掛け合わずとも背中を預けられる。それは二人がこれまで甘い理想を切り捨てて、戦場に立ち続けたがゆえになせる技だった。

「渚(なぎさ)も、強くなったね」

そしてもう一人。巨大な宮殿の屋根を走る人影が、赤いサーベルを片手に大立ち回りを演じている。屋根から屋根へ飛び移り、鞭(むち)のように伸びる樹氷を引きつけ、振り返ったかと思うとたった一撃ですべてを叩き斬る。

「さすがにあれは、渚一人じゃないだろうけどな」

恐らくはこの戦場限定――敵がユグドラシルだからこそ目覚めた、夏凪渚の中に残っていたもう一つの人格の残滓が手を貸したのだ。

やがて俺とシエスタに気付いた渚が、折れた樹氷を足場に駆け降りてくる。

「渚、状況は？」

「なんとも。正直、キリはないかな。いくら斬っても再生するみたい」

渚が言っているそばから、さっき切断されたばかりの植物がもう再生し始める。つまりは消耗戦、このままだといつかこっちが押し切られる。

「最初はあたしもコントロールできてたの。でも途中からこんな風になっちゃって……。いくら斬っても、説得しようとしても、なにも効かないの」

ユグドラシルの暴走。そこに《原初の種》の意志は介在していないのか、滅びを決めたこの星にいいように操られているのか。《箱舟》だけは安全って話だったはずなんだが……と、そんなことを考えていると、スマートフォンが鳴った。電波は通じにくいはずだったが、運よく拾えたのか。表示された名前はミアだった。

『あ、やっと繋がった！　もしもし、君彦？』

「……その声は、リルか？」

電話口から聞こえてきたのは巫女ではなく魔法少女の焦った声。

そうだ、今二人は一緒にいる。彼女たちのもとにも《連邦政府》高官が迫っていた。しかしそれはアイスドールの説得と共に片がついたはずだが、別件か？

『今、大変なことになってるの。世界中でユグドラシルの被害が急速に拡大していて……ミアは予言でその避難指示を関係各所に出してるところ』

「っ、まさか、本当にユグドラシルは世界を……」

予想以上に《システム》の消耗が早かったのか。だとすればもう一刻の猶予もない。

「ミアとリルはイギリスか？　そっちは大丈夫なのか？」

『……正直、ギリギリね。時計塔から見える景色も緑が多くなってきたわ』

いつここも落ちるか分からない、とリルは声のトーンを暗くする。

「リル、日本の様子は！」

渚が顔を寄せてそう尋ねる。

『実はちょうどさっき予言があったの。……その、あのアイドルの子が今ライブをしているドームも、あと数十分でユグドラシルに飲み込まれる』

「唯ちゃんが……。避難指示は？」

『元々、全世界に生配信するための無観客ライブだったみたい。だからスタッフと演者だけ避難すればスムーズに済むはずだったんだけど……』

通話がテレビ電話に切り替わる。画質は粗いがリルが映り、さらに彼女は手元のパソコン画面を映す。そこには一人のアイドルがステージで歌っている様子が流れている。

「まさか、これがその生配信？　唯ちゃんは避難してないの？」

『ええ、一人を除いてスタッフは全員帰して、今もあの子は歌ってる。自分は日常を守る役目があるからって。みんなが安心できる居場所を作るのが仕事だからって』

……そうか。世界がパニックになっている今だからこそ。一人残っているというスタッフはノーチェスのことだろう。本当に危険な状況になれば、きっとノーチェスが斎川を守ってくれるはずだ。

『君彦、一つだけ』

リルがインカメで俺に語りかける。

『《世界の危機》は確かに理不尽に訪れるように見える。けれど歴史を紐解くと、その危機の原因は必ずどこかに潜んでるものなの。どうかそれを見落とさないで』

今のリルの仕事は過去起きた《世界の危機》やそれを解決した《調律者》の活躍を書に纏めること。そこから見える観点は間違いなくあるはずだった。

『あなた達の状況はなんとなく察してる。どうか無事で』

「ああ、必ずまた」

俺はリルに礼を言って電話を切った。

「災厄には理由がある、か」

そもそもなぜ急に、ユグドラシルに世界を滅ぼす役割なんかが与えられたのか。

「偶然？」

そんなはずはない。これまで俺たちの物語にその二文字の言葉は関与してこなかった。

あるいは、その言葉ですべてを片付けることを許さない探偵がいた。

だから、リルも言うようにこの事態には必ず理由がある。原因が潜んでいる。そもそも、この世界終焉（しゅうえん）のカウントダウンはどこでどう始まったのか？

「当然アベルがきっかけ、だよな」

ゆえに俺が思い出すべきはアベルにまつわる物語だ。――どこだ？　アベルという存在とこのユグドラシルの危機はどこで繋（つな）がっている？

「いつからか私たちは、敵をアベルと呼ぶようになったよね」

俺が電話をしていた間、暴れる樹氷の対処をしていたシエスタが戻ってきた。

「それが、どうかしたか？　あいつの名前はアベルだろ？」

「うん、間違ってはないよ。彼の正体は世界最悪の犯罪者アベル・A（アルセーヌ）・シェーンベルク。でも最初は違ったよね。たとえば私が一年三ヶ月の眠りにつく直前、最初にあの男と敵対した時――私たちは彼を《怪盗》アルセーヌと呼んでいた」

そういえば、確かに。いつからか俺たちはあの男をアルセーヌではなくアベルと呼んでいた。だがそれは時の《連邦政府》がアベルの正体を《怪盗》と認めなかったことも理由として大きい。それによって便宜上、俺たちは奴をアベルと呼ぶしかなかった。

「でも本を正せば彼の性質は《怪盗》なんだよ。私たちはそれを忘れがちになっている」

「……本質は《怪盗》、あいつの仕事は盗むこと」

じゃあ《怪盗》はなにを盗んだ？

アカシックレコードだ。奴がそれを盗み出したことで世界は壊れてしまった。

「でも待って、君彦。確かそれは《システム》に奪い返されたんじゃないの？」

「ああ、アベルの肉体ごとな」

俺は渚に答える。

だが、よくよく考えるとおかしい。

「盗まれたものはあの時きっちり取り返したはず。なのに、なぜ《システム》はまだ不完全な働きしかできないんだ？」

それのせいで《調律者》は満足に《意志》の力も使えなくなり、アカシックレコードを失ったペナルティとしてこの星は滅びようとしている。

「アベルは盗んだものを、まだ全部返していないのか？」

つまりは、《システム》に奪い返されないようにどこかに隠していた？

「もう一つ、《怪盗》が盗んだものがある」

シエスタが顎に指を添えながら考える素振りをする。

「《聖典》。当時、私がミアと計画してシードを騙すために作った偽物の《聖典》を、アベルは盗み出した。——つまりその時に、二人の巨悪は出遭っている」

そうだ。運命は交わっている。アベルとシード——俺たちにとって最も強大だった二人の敵は、すでにあの時に手を組んでいる。そして今、アベルが引き起こした災厄をきっかけに、シードが眠るユグドラシルが暴れ回っている。

「繋がった」

すべては繋がった。今から四年以上前。

あの時にはもう《暗号》という名の《種》は蒔かれていた。

「アベルは、盗んだアカシックレコードをユグドラシルの中に隠している」

そのための《暗号》を、かつてシードに仕込んでいたのだ。

「《怪盗》になにかを盗まれた者は、その事実にすら気付かない。この世界の仕組みである《システム》すら騙されたんだ。自分が盗まれたものは、本当はずっと世界中に目立つ形で置かれていたのに」

シエスタはそう言って、龍のように暴れ回る樹氷を見つめる。俺たちはその暴走の意味を取り違えていた。ユグドラシルに世界を滅ぼす意志などない。ただ返そうとしているのだ——預かっていたものを、元あった場所へと。

「シード」

渚が歩いていく。

その方向には、かのユグドラシル本体と似た大樹が氷を纏って立ち上がっていた。

「そういえば、あの子に任せっきりであたしはあんたと喋らないまま別れたっけ」

渚自身の足元にも凍った草木が這い寄り、足首から先へ登って行こうとする。俺は追いかけようとして、それをシエスタの手が止めた。

「別にあたしはあんたに思い入れはないし、というか、恨みしかないし。最初から最後まで敵のままで、これから先もずっとそう。同情なんてしない。話せば必ず理解し合えるだなんて、そんな幻想を押し付けるつもりもない」

でも、と。渚は氷の大樹のもとに辿り着き、その樹皮に手を触れる。

「今だけはきっと、あたしもあんたも同じことを考えてる。同じ願いを持っている。だからシード、あたしがあんたの《意志》に命令してあげる。強く、強く。その望みを叶えるための《言霊》を与えてあげる。あなたの生存本能を信じてあげる」

夏凪渚の赤い瞳が光る。

「この星を失いたくなければ、アカシックレコードを世界に返して」

大陸中の樹氷から、真っ白な花が一斉に咲く。そしてその花弁の中心から、オレンジ色に光る粒子が大気中に舞い始めた。

「花粉だ」

でもそれはかつて俺の記憶を奪ったあの花粉とは違う。ユグドラシルの本来の役割は記憶媒体。この花粉は、失われた世界の記録を取り戻させる修復プログラム。

恐らくは今、世界中で同じ光景が広がっている。ロンドンの時計台に、ニューヨークの街並みに、カイロの砂漠に、そして日本にあるユグドラシル本体に。大樹から咲いた白い花が、光の粒を解き放つ。そうしてすべてが還っていく——母なる地球へと。

「助手」

シエスタが俺を呼ぶ。彼女は後ろを振り向いて、なにかを見つめていた。

「あれは……」

そこには人影があった、形があるだけで、誰の姿でもない。

だが、その正体はなんとなく予想はできる。ユグドラシルに預けていたものをすべて返すということは、それを実行した本人の記録さえも元に戻るということ。奴は言っていた——自分という存在はプログラムに過ぎないと。

シエスタが銃口を構える。しかし影は、背を向けるような動作を見せて去っていく。またいつか別のやり方で新世界を管理するべく今は身を隠すのか。それともこの世界は諦めて、どこかの宇宙にあるまだ見ぬ聖域でも探すのか。

「守屋教授」

アベルか。アルセーヌか。呼び方を迷って、結局あの白衣が似合う姿の名で呼んだ。影は小さくなって消えていく。人類の罪を抱いて、理想の新世界を探して、それでも未来永劫あいつは悪であり続ける。だから。

「私たちは、最後のその一瞬まで正義であり続けよう」

シエスタは、俺と同じ未来を見てそう口にした。

「枯れていくな」

あれだけ生い茂っていた樹氷が、咲き誇っていた花が、急速に萎んで氷の大陸へ還っていく。それはつまりユグドラシルが役目を終えたということだ。世界中を侵略していた植物もまた元に戻り始めているのだろう。

俺とシエスタは渚のもとへ歩いていく。彼女は座り込み、枯れた細い木にそっと手のひらをかざしていた。

「渚」

一言声をかけると、やがて彼女は満足したように微笑み立ち上がる。そして最後にユグドラシルの残滓に向かってこう告げた。

「今度こそゆっくり休んで、お父様」

【エピローグ】

春になった。正確に言えば暦の上ではとっくに春季だったのだが、日本人として春を感じるのはやはり桜が咲き誇る景色に触れた時。

三月下旬。大きな公園の桜の木の下に敷いたブルーシートで、俺は缶ビールをかしゅっと開ける。まだ二十歳、この苦味を旨みと捉えてのいいかは分からない。が、ここ最近ずっと続いていた苦い思いはついでに流し込んでしまおう。

「……ん……はあ」

見上げた空に桜が映る。

春になった。だがそう感じられるのは、もしかすると心理的な要因もあるのかもしれない。あの《大災厄》が収束してから一週間。氷は溶け、長い、長い冬は終わった。

すべてのきっかけになった《聖還の儀》はほんの二ヶ月ほど前のこと。だが《聖遺具》を巡る旅の中で《魔法少女》や《吸血鬼》や《暗殺者》、そして《怪盗》にまつわる物語を追体験したことで、随分と長い旅路に感じられた。

リローデッドは走るための足を失った。スカーレットは同族を守ることができなかった。加瀬風靡は大切な人をその手で殺した。そして名前も顔もないとある男は、人類の罪と痛みを抱いたまま消えていった。

でも、きっとそれらは失うためだけの物語ではなかった。失った先でなにを見つけようとするのか。それを自らに問い、目も眩むような光の中を歩いていく。彼らにとっても、そして俺にとってもそういう物語のはずだった。

「ようやく、ここまで」

だから、これで一区切り。傷は負いながらも《大災厄》は収まり、探偵は目覚めた。俺の目指していたゴールへ辿り着いた。

「…………」

飲み干そうとしていたビールは、思ったよりも苦い味がした。

「なにを一人で黄昏れているのですか？」

桜と空を見上げていた俺の視界に、少女の顔がひょっこりと映る。白銀色のショートカットに、クールな天使のような少女・シエスタ——に瓜二つのノーチェス。

当然、俺一人でこんな花見をやっているわけではない。昼下がりの時間から大所帯で、もう三時間も飲み食いしている……のだが。

「さすがに気まずいんだよ、男一人だと」

ブルーシートの上にいるのは女性陣ばかり。

たとえば酔っ払ったシャルがシエスタの膝に寝転んでいるし、ミアとリルはどっちが残った団子を食べるかの喧嘩をしていて、その仲裁に渚が駆り出されている。

はたまたその隣では斎川がノエルに対して「なんでまた年下ヒロイン枠が……」と唸っていた。一体いつから俺の身の回りには女性しかいなくなったのか。

「随分と贅沢な悩みですね。君彦のくせ……なんでもありません」

「もう全部言ってるに等しいだろ。君彦のくせに、だろ」

俺がツッコむとノーチェスは唇の端を上げ、しかし直後、

「でも、それが浮かない顔をしている理由ではないでしょう?」

まるで俺の心を読んだかのような指摘をしてきた。

「……表情に出してるつもりはなかったんだけどな」

ただ、心のどこかでは思っていた。本当にこれをゴールにしていいのか。この仲間たちとの平和な花見をハッピーエンドの象徴にしてもいいのか。俺が知らず知らずのうちに浮かない顔をしていたのだとしたら、その迷いこそが理由だった。

「あなたは二人の探偵を取り戻し、世界だって救ってみせた。それであなたの願いは十分叶っているのではないですか?」

ああ、確かにそうだ。俺の願いは叶った。シエスタも渚も生きていて、世界の大きな危機を救うこともできて。俺はずっとこんな結末を求めてきた。——でも。

「結局アカシックレコードは復活し、またこの世界は《システム》によるプログラムに管理されることになった。そうなれば《世界の危機》も《世界の敵》もいずれ再び発生する

ことになる」

つまりは元通り。だからこそ自分の願いが叶ったからと言って、それでゴールだと——ハッピーエンドだとは言えない気がした。

「きっと多くのものを見過ぎたのですね、あなたは」

「そうだな。色んなものを見たし、聞いたし、知ってしまった」

多くの人たちの願いが叶わぬ瞬間を見届けた。そして世界中で今なお続く争いと悲しみの連鎖。悪意と罪。それらに苦しむ人の姿が瞼(まぶた)の裏に映っている。その声は耳にこびりついている。世界はいまだ、理不尽に満ち満ちている。

「でもそれを意志で覆してみせるのがあなたたちでしょう？」

ノーチェスがどこか試すような微笑を俺に向ける。

「……違いないな」

俺は苦笑を溢(こぼ)し、今度こそ残っているビールを一気に呷(あお)った。

「君塚(きみづか)さ～ん！　ちょっとおかしいんですけど！」

がしっ、と。誰かが俺の腕を掴(つか)んできた。

「この子、わたしより年下だったんですけど！　そんなのあり得なくないですか！」

斎川がワナワナ震えながら、お茶を飲んでいるノエルを指差す。当の本人は「？」と小首を傾(かし)げているがそりゃそうだろう。

「仕方ないだろ。この際、年下キャラは諦めてアイドル枠一本で行ったらどうだ？」

「嫌です嫌です！　一番年下じゃないとみんなに甘やかしてもらえないじゃないですか！」

それが目的かよ。今でも俺は十分甘やかしているはずなんだが……斎川はうるうるした瞳で下から見上げてくる。さてはこのパターンの斎川もアリか？

「悪いな、ノエル。変なアイドルが絡んできたろ」

俺は斎川の頭突き攻撃を受けながらノエルに話しかける。ちょこんと正座をした彼女はお茶を片手に桜を見上げていた。

「日本の桜は初めてだったか？」

「ええ、ようやく見られました」

ノエルは俺を見て軽く微笑み、また視線を上に向ける。

「たくさん見ておきます。おじい様の分まで」

「ああ、そうだったな」

空が段々と薄暗くなる中、俺も同じ桜を見上げた。

「ちょっと誰か拭くもの！　ミアが飲み物全部こぼした！」

と、今度はそんな悲鳴が聞こえてきた。

やれ、いい感じに締まったと思ったんだけどな。

「う、せっかく外に出たのにこんなことばっかり。なんで……」

振り向くと、せっかくの私服のスカートをびしょびしょに濡らしたミアが半泣きになっていた。相変わらず俺に負けず劣らずの不幸っぷりである。

「もう、バカね。ほら、こっち来なさい」

「……リルに世話を焼かれるの、屈辱」

「はっ倒すわよ」

相変わらずの関係性、仲がいいのか悪いのか。ただ、少なくとも。

「さっきの団子のきな粉もついてるわよ」

ミアの口をハンカチで拭うリルの表情は、出会った頃より随分と柔らかく見えた。

「ちょっとキミヅカ！　アナタ本当なの！」

「はあ、今度はなんだ？」

もうなにが起こっても驚かないぞと思っていると「ユイ、代わって」と、シャルが俺の胸ぐらを掴んできた。

「……っ、お前、どんだけ飲んでるんだよ」

だいぶ酒が入っているのか顔は赤く、目はトロンとしているのに表情は間違いなく怒っている。そしてシャルは俺の身体を揺すりながら言い放った。

「答えなさい！　マームを目覚めさせる時にキスしたって本当なの⁉」

時が止まった。

「……シエスタ、お前。話したのか？」

なぜよりによってシャルに教えてしまうのか。

しかし当の本人は素知らぬ顔で紅茶を飲んでいて、他のメンバーはと言うと、たとえば斎川は「あーあ」という呆れ顔、ミアはこの世の終わりかのような絶望顔。恐る恐る渚の方を窺うと、表情筋含めて完全に身体が固まっていた。どうするんだ、これ。

「ゆ、許せない」

俺の胸ぐらを掴んだシャルの肩が大きく震える。

「返してもらうから。マームの唇、返してもらうから！」

「……は？　ちょ、お前、なにを、まさか！」

そして完全に酔っ払ったシャルは俺に覆い被さり――そこからの記憶はあまりない。


「悪い夢でも見ていた気がする」

酔い覚ましにと一人向かった近くの川。俺は橋の欄干に身を預けながら、この川縁にも咲いている桜を眺める。ライトアップされた夜桜はまた違う趣がある。

なんだかシャルにとんでもないことをされた気がしないでもないが、忘れた。というよりシャルが忘れていてほしい……。あいつの酔いが覚めて自分がなにをしでかしたか思い出した時、俺が無事でいられる気がしない。

「騒々しい奴らだ」

シャルだけでなく全員。ただの花見でなぜあんなに騒いではしゃげるのか。……まったく。ため息と共に思わず少し笑えてくる。

「賑やか、ぐらいに言い換えておいてやるか」

まだここがゴールではないとノーチェスには言った。それでも、こうして笑い合える場所を守れたこと、それだけは誇っていいはずだった。

「なにニヤついてんの」

首筋に冷たいものが押し当てられる。

何事かと振り返ると、そこには缶チューハイを手にした渚がいた。

「酔いを覚ましにきたんだけどな」

「これはあたしが飲むの」

俺と同じく欄干に寄りかかりながら、渚はどこか怒った様子でごくごくチューハイを飲み始める。そしてひとしきり飲み干すと、キッと俺を睨み上げる。

「このキス魔」

理不尽だ。

「罵られるようなことはしてないだろ。昔のシエスタとのアレは不可抗力。さっきのもだいぶ頑張って躱した方だ」

少なくとも俺の方の唇は死守させてもらった……はずである。

「……あたしがこれまで勇気出してやったこと、全然負けてたし」

しかし渚はなにやら小声でボソボソ呟き、はあ～、と長くため息をつく。

「ため息ばっかりついてると幸せが逃げるぞ？」

「じゃあ責任取ってしばらく君彦が幸せにして」

すると渚は口を閉じ、夜に映える桜を眺め始める。だったら、と俺も隣で同じように。

しばらく無言のまま、二人で心地いい夜風に当たった。

「大神の容態はどうだ？」

それからタイミングを見計らって俺は渚に尋ねた。先日、《ミゾエフ連邦》でのアイスドールとの戦いで大神は大きく負傷していた。

「うん。重傷ではあるけど、もう少ししたら退院できるんじゃないかって」

「そうか。これからどうするんだろうな、また公安に戻るのか」

それとも《執行人》に？　だがこれも先日の一件で《連邦政府》の機能は停止しており、《調律者》の仕組みも今後どうなるか分からない。

「《発明家》たちも、まだ目を覚さないみたい」

と、その時。俺の隣、渚とは反対側にシエスタがやって来た。手にはノンアルコールの缶チューハイ。同じく中座してきたらしい。

「《名優》と《革命家》も。どうやら命の危機は脱したようだけどね」

「……そうか。もし目を覚ましたら、事件について話を聞かないとな」

結局、例の《調律者狩り》についてはまだ真相が明らかになっていない。アイスドールは最後まで事件への関与を否定していたが、だとすると黒幕は誰だったのか。

「やっぱり、まだなにも終わってはないな」

確かに願いは叶った。探偵を取り戻し、世界も一旦元に戻った。でもまだ、姿の見えない脅威は残っている。肩の荷をすべて下ろすわけにはいかないらしい。

「それはそうなんだけど、君。なにか一つ忘れてない？」

するとシエスタは、少しだけ呆れたように俺に尋ねてきた。

「なんだ？　もう何ヶ月もお前の探偵事務所でタダ働きさせられてる件か？」

「それは全然忘れたままでいてくれていいんだけど」

全然忘れたままでよくないだろ。

だがシエスタは、こほんと咳払いをして俺を横目で見た。

「だから、ほら。今回の件が終わったら、私に大事な話があるって言ってなかった？」

「……あー、その件か」

それはミゾエフ連邦に行く直前、バーで約束していたことだった。あの時は死亡フラグめいたことを言ってしまったが、一応は無事に潜り抜けることができたわけだ。

「シエスタ、そのことなんだが」

と、俺が切り出そうとしたその時。

「あ、あたし、向こう行ってようかな！」

渚が欄干から身体を離しその場を立ち去ろうとする。

一体なにを察したのか。表情は強張り、それでも「あはは」と声だけ力なく笑う。その姿に俺は思わず吹き出した。

「は、はあ⁉　こっちは気遣ってるのに！」

「……っ、いや、すまん。そういうアレじゃなくてだな」

なんだかたまらなくおかしくなり、俺は悪いと思いつつしばらく笑いを噛み殺す。渚はやっぱり怒ったままで、シエスタも苦笑でため息を溢す。

「悪い、シエスタ。どうやらまだ今じゃないみたいだ」

あの時、シエスタに言おうとしていたことは確かにあった。伝えたいことが、大事な言葉が、もう喉元まで込み上がっていた。……だけど、あと少し。それを言うのは今ではない。もう少しだけ未来に告げるタイミングがきっとある。

「いいよ」

シエスタがさらりと言った。

「いつまでも待つよ。君たちがくれた明日だから」

表情は微笑み。桜の花びらが彼女の顔のすぐ横を舞い、川に落ちていく。

「その明日を、またその次の明日を、毎日楽しみにできるから」

桜は散るからこそ美しいと誰かは言った。

その儚さに、その尊さにこそ美は宿るのだと。

でも誰しも心のどこかでは分かっている、どうせまた一年後、この花に会えることを。今散りゆくこの一瞬の輝きは、また来年も見られることを。

だけど俺は、たった今枝を離れた桜の花びらの行方こそを追いかけたい。

もちろん一年後の保証なんてない。いつまでその輝きを見られるか分からない。それでもそんな儚い一瞬の煌めきを、ずっと、ずっと追いかけていたい。——だから。

「戻ってあと一杯ぐらい飲むか」

俺はもう少しこの日常を続けようと二人を誘った。

「賛成！　じゃあ追加のお酒とおつまみ、このまま買いに行こ！」

渚は機嫌よく、くるりと踵を返して歩き出す。まだまだ騒がしい……いや、賑やかな花見は続くようだ。

「どうせ私は飲めないけどね」

一方のシエスタは過去の失敗からいじけたように口を尖らせる。だが、どうやら勘違いをしているらしい。俺はもう一杯とは言ったが、酒を飲むとは言っていない。

「とっておきの紅茶、淹れてもらっていいか?」

シエスタは一瞬目を丸くして、柔らかく微笑んだ。

「だいぶ助手としての自覚が出てきたね」

「七年越しにようやくかよ」

思わずツッコみながら俺たちも渚を追って歩き出す。

「シエスタ。お前があの日、自分で選んだんだからな。《特異点》を」

俺のこの体質を見抜き、自分の仕事をしやすくするため。あるいは、それこそが歴代の《名探偵》の使命だったのだとしても。あの空の上で俺を見つけ、助手として隣に置くと決めたというのなら、もう少しぐらい信頼は欲しいものだった。

「《特異点》? なにそれ」

しかしシエスタは惚けたように首をひねる。

「普通に一目惚れだけど」

思わず足が止まり、口が自然と開く。そんな俺の様子を見て、シエスタはふっと笑って歩き出す。その背中を追いかけるまでには、長い長い時間が掛かった。

あとがき

久しぶりにあとがきです。お疲れ様です、二語十(にごじゅう)です。いかがお過ごしでしょうか。「お疲れ様です」というこの挨拶。時間関係なく使える便利なワードなんですが、大人になってこの言葉を使うようになって初めて「そういえば毎日疲れてるな」と感じるようになりました。人間というのは案外、言葉によって自分の感情を規定されるものなのかもしれません。この本を読んでくれている皆さんがまだまだ疲れ知らずでありますように。

さて、改めてですが『探偵はもう、死んでいる。』第十一巻を手に取ってくださりありがとうございます！　大台の二桁巻を突破し、またこの巻を以て七巻から続いていた《虚空暦録(アカシックレコード)》篇は無事に完結です。時系列があっちに行ったりこっちに行ったりと、少し読み辛(づら)かったり難しかったりしたところもあったかと思います。

そもそもこの必ずしも時系列通りに物語が進まないというのが本シリーズの特色でもあるのですが、「新刊が出る度に前の話を読まないと思い出せない」という声も多くいただきました。大変ご苦労をおかけしました……！　ですが、おかげさまで当初の予定通りに（君塚(きみづか)を初めとしたキャラの意志によって多少、思っていた方向と違(たが)えることもありましたが）この結末を迎えることができました。ありがとうございました！　今このあとがきを書きながらホッと安堵のため息をついています。

というわけで続いて原作以外のお話を。この十一巻と同日に画集『探偵はもう、死んでいる。うみぼうずアートワークス』が発売されております！　これまでうみぼうず先生が描かれてきた、たんもしの超素敵なイラストがたっぷり収録されております。僕も毎日眺めるので皆さんも毎日眺めましょう。書き下ろし小説も載せてもらっています！

また先月にはスピンオフ小説『夏凪渚はまだ、女子高生でいたい。２探偵はもう、死んでいる。Ordinary Case』（著：月見秋水先生　イラスト：はねこと先生）が発売されています！　高校を舞台に最高に可愛く格好いい夏凪が主人公を務める、本編とも繋がるスピンオフシリーズです。きっと「あっ」と驚く展開満載なのでぜひ読んでください！

そして隔週火曜日にて、たんもし公式Xにて『学園たんもし』（作：炒芽もやし先生）が連載中です！　平和な学園ラブコメ版たんもし……かと思いきや、どうやらそれだけではないらしい？　こちらも今からでもぜひ一話から辿って読んでみてください！

と、このようにたんもしは２０２４年も沢山盛り上がっていく予定なので、引き続き応援してもらえたら嬉しいです。アニメの二期も少しお待たせしていますが、その分きっといいものが出来上がるはずなので一緒に楽しみに待ちましょう！

最後に。もう一度、原作小説の話に戻ります。実はこの十一巻、もう少しだけ続きがあります。それは未回収だったあの謎にまつわるエピソード、あるいは十二巻のプロローグとも言えるでしょうか。君塚たちの物語はまだ終わっていません。まだ本当のエピローグは迎えていません。どうぞ、次のページをめくってください。

探偵はもう、死んでいる。《×××××》篇、始まります。

【The attack of Inventor】

その日、七つの手術を終えたスティーブン・ブルーフィールドは、深夜の診療所で一人デスクに向かっていた。

一日にどれだけの命を救おうと医師の仕事に終わりはない。明日、どころか。こうしている今も神の右腕を欲している患者は世界中に大勢いる。寝る時間などない。ほとんど寝る必要もない。事実、彼はすでにそういう身体(からだ)になっていた。

そして。スティーブン医師にはもう一つの顔がある。世界を守護する十二の《調律者》の一つ《発明家》。かの《大災厄》を契機に今や《調律者》の仕組みはほぼ機能を停止しているものの、《発明家》にはまだやり残した大きな仕事があった。

外は雨。小さな照明だけがデスクを照らす暗い診察室で、スティーブンはとある街のスケッチを眺める。氷の大陸に建設中のジオラマのような街。だがその正体を彼は知っている。これは街ではなく——船。

「箱舟計画(プロジェクト・ノア)」

いつか訪れる世界の終わりに備えて秘密裏に準備が進められていたその計画。星を捨て、次元を超えて《未踏の聖域(アナザーエデン)》に辿(たど)り着(つ)く。そんな壮大なプロジェクトの一端を担っていた唯一の《調律者》こそが《発明家》だった。

だが、いざ《再起動（リブート）》によって世界の記録が消失すると、スティーブンもまた箱舟計画にまつわる一切の記憶を失った。そして計画の中枢にいた《連邦政府》にとっても、この秘密を知っている者は少ない方が御しやすいと、《発明家》はそのままプロジェクトを外れることになった。

「一年越しに思い出すことになるとは」

きっかけは言うまでもなく、故《情報屋》ブルーノ・ベルモンド。彼が死の間際に辿り着いた《大災厄》の真実——否、その時点ではまだ仮説だったが、それを頼りにスティーブンはこの箱舟計画の記憶を取り戻していた。

「《連邦政府》、お前たちの思い通りにはならない」

すでにスティーブンはこの計画について、《特異点》や《名探偵》に情報を開示することを決めていた。だがそれは、自分を裏切った政府への意趣返しというわけではない。そもそもこの計画を実行に移すか否かは、《特異点》に託すと前から決めていた。

あくまでも《発明家》の仕事は、大いなる未知の危機を防ぐための技術的特異点の研究を進めること。その先は文字通り、実際の《特異点》に委ねるしかない。すべては今日、夜が明けてから。《大災厄》の真実を明らかにし、ここまで辿り着いた彼らには、かの計画を知る資格があるはずだった。

「…………」

だが一つ、この計画には懸念点があった。箱舟自体に問題があるわけではない。ただ、この船が向かう先の予定の《未踏の聖域》には……。

ふと、入り口から大きな物音がした。

《特異点》たちとの約束の時間にはまだ早い。侵入者——それも、ただの物盗りではない。病院の玄関近くには警備の《黒服》を立たせていたはずだった。

「スティーブン・ブルーフィールド。《発明家》だな?」

侵入者はもう、すぐそこにいた。女の声。部屋の扉近くに人影だけがある。暗くて顔は見えない。「何者だ」とスティーブンは訊いた。

「同業者とでも言っておこうか」

同業者。スティーブンには二つの顔がある。医師と《調律者》。だが女が指しているのが後者であることは明らかだった。

スティーブンは考える。こんな女が《調律者》にいただろうか。……いや、いない。唯一、顔を見たことのない《革命家》の女も、こんな声ではなかった。では元《調律者》か、それとも十三人目の候補者か。

「《未踏の聖域》から来た《調律者》だな?」

直感だった。あるいは以前、《聖還の儀》でその偽物を装ったがゆえに、本物に触れて初めて気付けたのかもしれない。いずれにせよ、この女は。

「ああ、そうだ。お前たちが来るより早く、こちらから出向かせてもらった」

女は冷たく、低い声で答える。やはりスティーブンの予想は当たっていた。と同時に、ある違和感が頭をもたげてきた。この女に会ったことはない。だが、なぜかまったく知らないわけでもないような感覚がスティーブンを襲っていた。

「なにをしにこの世界へ来た？」

これまで《未踏の聖域》からコンタクトを受けたことは何度かある。が、このような直接的な接触は初めてのことだった。

「《大災厄》の件で言えばまだ様子見だ」

女は変わらずその場を動かぬまま問いに答える。

「今は一旦この世界には安定を保ってもらった方が、こちらとしても都合が良い。我々の目的を果たすのはその後だ」

「我々、か。近くに仲間でも来ているのか？」

核心をついていたのか、女は一度口を閉ざす。だがすぐに切り替えてまた喋(しゃべ)り始めた。

「世界を救う《調律者》ともあろう者が、このような辺境の地でただの医師をやっているとは。よほどその仕事に執着があると見える」

「なにが言いたい？　僕は忙しいんだ。ただ物見遊山でこの世界へ来たのだとしたら、今すぐ立ち去ってもらえないだろうか」

「いや、なに。興味本位で尋ねただけだ。こうしていまだに医師を続けているのは、その手で息子を殺してしまったことに対する贖罪なのかと」

デスクの資料を片付けようとしていたスティーブンの動きが止まった。

「確か《調律者》になる前だったか？　国境を越えて活動する医師団の一員として戦地の近くで家族と暮らしていた頃、治安が悪化しそろそろ避難を考え始めていたちょうどその時に、砲撃の流れ弾が家を襲った」

黙ったままのスティーブンに対して、女はまるでその光景を見てきたかのように語る。

「妻は即死。そして一人息子も重体で、もう手の施しようがなかった。無事だったのはその時間、仕事に出掛けていたスティーブン医師ただ一人。次々と診療所に運ばれてくる遺体や重傷者の中に妻と息子を見つけた時、さぞ絶望したことだろう」

それは誰にも語らなかったスティーブン・ブルーフィールドの過去。なぜそれをこの女が知っているのか。だが問い詰めようにも、彼の口は動かない。気付けばあの過去の光景が脳裏を支配していた。

「だが、さすがはスティーブン医師と言うべきか。無数の重傷者の中で、救えるべき命とそうでない命を冷静に見極めた。すでに息がなかった妻はともかく、まだ生物学上は生きていた息子のことも諦めた。――それだけじゃない。まだ助かる見込みのあった重傷患者に息子の臓器を移植した」

大きな物音と共にスティーブンは倒れ込んだ。デスクからは色々なものが床に落ちる。さっきまで眺めていた写真立てが割れていた。写っているのは一人の少年。まだ八歳だったスティーブンの息子だった。

「スティーブン・ブルーフィールド。お前はアカシックレコードで、死者が蘇る世界でも作ろうとしていたか？」

横殴りの雨が窓を叩く診察室に、長い沈黙が降りた。

「違う」

スティーブンは落ちた書類や箱舟のスケッチをデスクの上に戻し、写真立てだけは引き出しの中にそっと閉まって立ち上がる。

「死んだ人間は生き返らない。そんな再現性のない奇跡を僕は求めない」

もし本当にそんな願いを持ち、あまつさえそれを実現する者がいたとすれば、それは計り知れない代償を払った――あるいはこれから払い続ける者だけ。そう心の中で論じながら、スティーブンはいまだ顔を見せない侵入者の女に向かい合う。

「僕がアカシックレコードを求めていたとすれば、理由は一つ。不安定な《意志》のメカニズムを解析し、それを《システム》によって出力、応用した兵器を作ろうとしていた。未踏の聖域からの攻撃に備えて」

今度はまた、女が一瞬黙る番だった。

「まるで医師の発言ではないな」

「僕は医師として目の前の一人の患者を救う。それと同時に《発明家》として地球の反対側の一億の命を救う」

スティーブンの右肩から、金属製のアームのようなものが伸びた。

「わたしを敵と認定していいのか？」

「《未踏の聖域(アナザーエデン)》には、ずっと懸念があった」

これまで彼女たちからの一方的なアクセスを受ける中で、スティーブンは《未踏の聖域》にまつわる、とある危険なシグナルを読み取っていた。それは《大災厄》が起きる以前から《連邦政府》にも共有してあった事項。

それゆえ政府は箱舟計画を進める中でも慎重を期し、もし《未踏の聖域》を頼ることになった場合も、いくつかのプランを用意していた。その一つが《特異点》君塚君彦(きみづかきみひこ)の利用だったわけだが、今はそこまで話を広げるべきではないとスティーブンは判断する。

「僕の知る限り箱舟計画を進める上で《連邦政府》が指定していた《特定脅威》は五人。《特異点》君塚君彦、元《名探偵》ダニー・ブライアント、《情報屋》ブルーノ・ベルモンド、《怪盗》アベル・A(アルセーヌ)・シェーンベルク。そしてもう一人が《未踏の聖域》の女王・A(アルファ)」

奇(く)しくもアベルと同じくAの名を持つ《未踏の聖域》の脅威。それこそが今ここにいる女であると、スティーブンは半ば確信していた。

「そうか、存在はバレていたか」

ついに女がスティーブンのもとへ歩き出す。

「だが問題はない。もうお前が誰かに今夜のことを語ることはない。わたしについてなにを知らせることもできない」

女は、見たこともないような槍(やり)状の武器を右手に握っていた。

そして雷鳴が轟(とどろ)き、稲光が彼女の顔を照らす。

「ああ、そうか。そういうことか」

スティーブンは思い至る。会ったことのないはずの女。それでも、まるで知らぬわけではない。この女が辿(たど)ることのなかったもう一つの未来を知っている。——それに。

「同業者というのは文字通りだったわけか」

この世界に《発明家》がいる以上、《未踏の聖域》にも同じ存在がいる可能性は十分あった。そして彼女であればその資格があると、スティーブンは知っていた。

「随分といい姿になったものだ」

皮肉ではなく、心からそう思ってスティーブンは迫る矛を見つめ、言った。

「《未踏の聖域》の《発明家》——A(アリシア)よ」

探偵はもう、死んでいる。11

2024年3月25日　初版発行

著者　二語十

発行者　山下直久

発行　株式会社 KADOKAWA
〒102-8177 東京都千代田区富士見2-13-3
0570-002-301（ナビダイヤル）

印刷　株式会社広済堂ネクスト

製本　株式会社広済堂ネクスト

Printed in Japan　ISBN 978-4-04-682767-8 C0193

この作品は、法律・法令に反する行為を容認・推奨するものではありません。

【 ファンレター、作品のご感想をお待ちしています 】
〒102-0071 東京都千代田区富士見2-13-12
株式会社KADOKAWA　MF文庫J編集部気付「二語十先生」係「うみぼうず先生」係